コロボックルに出会うまで

自伝小説　サットルと『豆の木』

佐藤さとる

偕成社

目次

第一章

第二章

第三章

装丁　中嶋香織

第一章

一　加藤《かとう》馨《かおる》の就職

加藤馨《かとうかおる》は、工業専門学校の建築科を卒業して、横浜市役所に就職した。昭和二十四（一九四九）年の春、満二十一歳になったばかりだった。

専門学校といっても、現在のものとはまったくちがう。旧制の専門学校は、れっきとした文部省令による高等教育校で、単科大学といっていい。その教育程度はかなり高く、現在の短大と四年制大学の中間くらいかと思われる。修業年限は一応三年だが、すべては試験制で大学のような単位制ではない。

いわば猛烈な詰めこみ式教育だが、実は学生のほうも承知していて、とくに理科系の専門学校生は、三年の年限にはあまりこだわっていなかった。どこかで一年ダブるなどは、めずらしくもないのである。だからここを三年で出れば、それだけで大威張《おおいば》りだった。

馨は三年で出た。だから大威張りしてもいいところなのだが、本人はそんな気になれなかった。卒業試験の前までに、三年後期の月謝が払えず、未納者には受験資格がないといわれて、学務課と必死に交渉し、とにかく試験だけは受けさせてもらった。ただし月謝の納入まで、学籍をはずされてしまった。

　考えるところがあって馨は、奨学金制度などを頭から拒否していた。それらを受ける資格は、充分持っていたのだが。とにかく未納の月謝は、その後苦心惨憺《くしんさんたん》して工面し、納入と同時に復学願を提出、無事学籍をもとにもどしてもらった。

　しかしそんなごたごたのために、馨の卒業は二週間ほど遅れ、晴れの卒業式にも出られなかった。あとで何人かの追試験合格者といっしょに、卒業証書はもらったのだが、おかげで三月下旬にあった、市役所の採用試験のとき、人事課の係にいわれた。

「君と同期の人は、みんな三月十五日卒業、となっているのに、君だけは三月卒業見込みになっているね」

　そこで馨は、まだ卒業証書をもらっていないという事情を、縷縷《るる》説明したが、事実であるにもかかわらず、自分でもなんとなくうさんくさい話のような気がした。これで落とされるかもしれないなと、そのとき覚悟した。食うや食わずの暮らしなんだから、しようがねえだろ、と内心ひらきなおっていた。

　しかし、十人ほど受けた同期生の中で、馨をふくむ三人だけ採用され、馨は『技術員として採用。臨時文教部・体育課勤務を命ずる』という辞令を受けた。なぜか馨一人だけ建設局でなく、体育課などという、変わったところへ配属されたのだが、この配属にはつまらない理由があった。それについてはあとで触れる。

そのころの市役所は野毛山《のげやま》にあった。「野毛の山からノーエ」という、あの古い歌にある野毛山に、仮庁舎を置いていた。なにしろ横浜は昭和二十年五月に、白昼の大空襲を受け、市街地は焼け野原となった。木造だった港町の市庁舎も焼失したのだが、市は空襲を予想していて、その前年にコンクリート三階建ての、老松《おいまつ》小学校――当時は国民学校――に移転していた。この校舎が野毛山にあったのだが、小学生のほとんどはすでに疎開《そかい》していて、校舎はがら空きだったのである。

その後の敗戦で、横浜は米軍の中心基地となり、市内には『かまぼこ兵舎』と呼ばれる、鉄製の兵舎が建ちならんだ。カマボコとしかいいようのない形をした、大型組立式簡易兵舎が、市内中枢部にずらりと居座ったままだったのだ。したがって馨のはいった市役所も、そのまま野毛山にあった。

桜木町《さくらぎちょう》駅から野毛坂下へ出て、その坂を上るのだが、坂は途中で左へカーブしていく。しかし市役所は正面に見えていて、そのまままっすぐ上ると、校舎だった建物で行き止まりになる。その三階に体育課があった。

もと教室のひとつを使っていたのだが、すでに手狭《てぜま》になっていて、廊下の窓際にも机を並べ、右端の机では課員が一人仕事をしていた。まさか馨の席がそのとなりだとは思わなかったが、実はそのまさかだった。隣人は公園課から転任してきたのだそうで、ほとんど一日中ガリ版《ばん》の原紙に向かっていた。役所というところは、印刷業務の多い職場らしい。

たまたまその年の春から、横浜市は県と共催で『貿易博覧会』を開催していた。貿易立国がさけばれていた時代の反映だろうと思う。市は反町《たんまち》の広い公有地を整地して、会場として提供していた。このあたりはすべて焼失していて荒地になっていたのだが、しばらく米軍が接収《せっしゅう》していたところだ。そこが市へ返還されていた。

参加した有志の県は、ここにそれぞれの見本展示場をもうけ、それなりに客を集めていた。もちろん神奈川県も、横浜市と共同で展示場を持ったが、ほかにひときわ目立つ、大きな『演芸館』を建てた。ここでどんな演芸がおこなわれたか馨は知らない。ただ市では博覧会が終わった後、これを体育館に改装する計画があった。

当然そういう仕事は建設局の管轄《かんかつ》だが、ことが体育館とあれば、新設の体育課としては、だまって見ているわけにはいかなかったようである。結果として、体育課員の中にも、建築のわかる者が一人はほしいと、おそらくかなり強引に、総務部をくどいたにちがいなかった。そのとばっちりを受けたのが馨で、体育課にくるはめになった。

二　体育課体育施設係

やや話をもどすが、四月はじめに辞令をもらった馨は、すぐ体育課に出頭した。課長の大きなデスクの前に立ち、辞令をさしだして申告した。

「加藤馨、ただいま着任しました」

同時に、旧制中学で受けた軍事教練のしつけが出て、上半身をかっきり十五度に折る、軍隊式の礼をした。無帽《むぼう》のときはこうするくせがついている。

すると、びっくりしたことに、課長も椅子からすっくと立ち、同じ礼を返した。実に引きしまった体つきの美丈夫だった。ＧＩカットの細面にヒゲの剃り跡が青い。馨も百七十八センチの長身だが、課長のタッパは馨よりあった。百八十を超えているかもしれない。そして渋《しぶ》い声でいった。

「よくきた。まあそこに座れ」

あごでしめされたガタガタの事務椅子に、馨が腰をおろすと、課長もゆったりと椅子にもどった。

「君の仕事だが」と、課長は馨の辞令を持ったまま、前述したような体育館改装工事の説明をし、とりあえず、どこのどういう建築屋が、この建物を造ったのか、そして改装工事を落札したのは、同じところか、それとも別のところなのか、調べてくれ、といった。

「わかりました」と馨は答えたものの、学校出たての青二才に、そんなことができるのかどうか、自分でもよくわからなかった。課長から建設局に、直接問いあわせればいいだろうに、と考えたのだが、課長は委細《いさい》かまわず、念を押すようにつけくわえた。

「君は当分課長直属とする。いいね。細かいことはあちらの庶務《しょむ》係長から聞くように」

そして馨の辞令を返してくれた。庶務といっても、体育課だけの庶務をこなす係で、係長は馨と同姓の加藤さんだった。小柄で快活なベテランである。馨はこの人に廊下の席を教えられ、箱入りの自分の名刺をもらった。着任祝いだ、といわれた。名刺の肩書には『体育施設係』とあった。

体育課にはほかに第一係と第二係があり、それぞれ係長と数人の部下がいた。両方とも市内の体育協会を統括——といっていたが実質はよろず裏方役を——していた。第一係はバスケットボール、バレーボール、サッカーなどの球技団体、第二係は陸上競技、体操、それに水泳があったようだ。

後で、廊下の席のおとなりさんから聞いたのだが、課長は有名な某《ぼう》体育専門学校の出身で、敗戦時は陸軍少尉に任官したばかりだったという。それが四年前のことだから、この課長の年齢は、三十にとどいたかどうか、というあたりだろうか。

もとは市の消防局に在籍していたそうだが、体育課の新設が決まると、その勤務ぶりと経歴が買われて、課長に抜擢《ばってき》されたらしい。とにかく切れ者にちがいなかった。第一係長も第二係長も、この課長がよそから引っぱってきたのだそうだが、同じ学校の出身者で、二人とも課長より先輩ということだった。

初日は課員たちとの顔合わせや、天野《あまの》くんという同年齢の気のいい庶務係員に、庁内を案内してもらったりで終わってしまったが、次の日から馨は、命じられた仕事に手をつけることにした。まずは建設局に出向いて、見習《みならい》勤務中らしい同期生の一人をつかまえ、改装工事の落札業者を調べてもらった。

三和《さんわ》建設という中堅の会社だというのが、すぐにわかった。そして現在の演芸館を手掛けたのは、もっと大手の業者だというのもわかった。旧海軍の土浦《つちうら》航空隊から、飛行機格納庫を移設したらしい。その大手業者も、改装工事の入札には加わったが、結果は三和建設にゆずった形になった。こうした小さな仕事には、それほど執着しなかったのだろうという。

そんなことまで、上役《うわやく》から聞きだしてきた同期生は、いくらか得意げに説明してくれた。建設局に配属されていきいきしているな、と馨はいささかうらやましかった。すると別れ際になって、その相手がふっといった。

「おい、ちょっと待て。今思いだしたんだが、この三和建設っていう会社は、ほら、あの『海軍さん』がずっと住み込みで、夜警のアルバイトをしていたところだぜ。卒業と同時に、横すべりで社員になったはずだ」

『海軍さん』というのはあだ名のようなものだが、一種の尊称でもある。実際に敗戦時には海軍士官だった人で、学校の同期生の一人でもあった。九州人と聞いた覚えがあるが、くわしくは知らない。水産講習所の航海科出身だが、一念発起《いちねんほっき》して建築を学びなおすことにしたという。当然馨たちよりずっと年長で、飄々《ひょうひょう》とした風格があり、みんな一目おいていた。

この『海軍さん』は、学生服の代わりに、海軍士官の冬服――第一種軍装――を着て、戦闘服と呼ばれていた略装《りゃくそう》の上着を、重ね着していた。汚れを防ぐためだといっていたが、季節によっては、この戦闘服だけを着ていることもあった。これは灰緑《かいりょく》色の丈夫な木綿の綾織《あやおり》製《せい》だった。

ところが馨も、まったく同じ服装をしていたのである。実は馨の父も海軍軍人だったのだが、ミッドウェーで戦死している。なにしろ衣料のない時代なので、馨は父の遺した古い軍服を着ていた。しかも重ね着の戦闘服まで同じだった。馨の場合は軍服が目立たないように、かくすための重ね着だったが。

そんなことから、二人はなんとなく話しあうようになり、わりと親しいつきあいがあった。体育課にもどった馨は、さっそく三和建設に電話して、その『海軍さん』――姓は中野といった――の消息をたずねてみた。

役所の電話は交換台を通すので、電話番号など知らなくても、会社名をいうだけでつないでくれる。馨のような、電話に慣れていない者でもあつかいやすかった。まもなく『海軍さん』は、たしかに三和建設にいるとわかり、馨はあらためて名乗って、電話に出てもらった。すぐに聞きおぼえのある声がした。

「おお、加藤くんか、一別《いちべつ》以来だな。なにか急な用でもできたんか」

そこで馨は、自分の新しい身分を告げ、ちょっと頼みたいことがあるのだが、会ってもらえないか、と申しいれた。『海軍さん』は飄々と答えてくれた。

「かまわんよ。私はいま設計部だ。たいていは社内におるから」

この人も会社では新人のはずだった。しかし、職種が変わったというだけで、もはや住み慣れた職場なのだろう。落ちついた雰囲気だった。馨は会社の所在地を聞いて電話を切った。本当のことをいうと、馨が電話というものを仕事に使ったのは、このときがはじめてだった。

三和建設は湘南《しょうなん》電車──後の京浜《けいひん》急行──の日《ひ》の出町《でちょう》駅近くにあった。野毛山の市役所からは、坂を下って十分ほど歩くだけでいい。これもまた、生まれて初めて使う名刺を持ち、馨は外出することにした。課長は席にいなかったので、庶務係長に行先を告げて役所を出た。

三　童話と『横浜体育』

この訪問で馨は、現在の演芸館の平面図、それに、予定している改装図、それぞれの青焼き――青写真――を一枚ずつわけてもらった。この会社に『海軍さん』がいたこと、しかも設計部にいたという、願ってもないめぐりあわせのおかげである。設計部長さんという人にも挨拶したが、馨の名刺を見て、おもしろそうにうなずいてくれた。

「しかし加藤くん、これは入札用に作った素案にすぎんよ。まあ略図のようなもんだ。それは承知しておいたほうがよかろうな」

『海軍さん』は大きな引き出しから、二枚の図面を探しだし、馨に渡しながらそういった。

「わかった。でもありがとう。これを持ってかえれば課長も文句はないだろう」

「どっちみち博覧会が終わらなければ、動きはとれない。市役所とここは近いんだから、またくりゃいい」

そして、『海軍さん』は馨を誘い、駅前の喫茶店でコーヒーをご馳走《ちそう》してくれた。とにかく馨はたった一日で、課長の命令を片付けてしまったことになる。べつに馨が有能だったわけではない。ただ運がよかっただけだ。

二、三日は、この二枚の図面をじっくり見比べて、どこがどのように改装される予定か、メモに書きだしてみたりした。意外に手間のかかる作業だったが、退屈はしないですんだ。その図面とメモを持って、課長に報告したところ、さっと見て、わかったのかどうか、よし、といっただけだった。

素人《しろうと》がこういう図面を見せられても、意見など出ないかもしれない。もちろん馨は、なにか質問されれば答えるつもりだったのだが、課長はなにもいわず、図面を返してよこして、保管しておくように、といった。そしてふいに話を変えた。

「ところで、君は筆が立つそうだな」

「はあ」と、馨は意表をつかれて課長を見返した。筆が立つ、というのは、文章がうまい、ということだ。それくらいは馨も知っていたが、本人にまったくそんな自覚がなかった。

その馨の表情がおかしかったらしく、めったに笑わない課長がにやりとした。

「どこだかの新聞に、なにか書いたことがあるって聞いたがね」

なんでそんなことを、といいかけて、馨は思いあたった。面接試験のとき、趣味や特技を聞かれたのだが、なにもいわないよりはいいかと思い、好きで童話を書いていることを述べた。

すると三人いた面接役は、不思議な生物でも見るような目つきになって、あれこれとたずねてきた。やむなく馨は、地元の新聞に頼まれて、掌編《しょうへん》童話を数回掲載したこと、『童話』という雑誌に、短篇をいくつか発表したことがある、などを話した。あとになって、よけいなことをいったと後悔したのだが。

「どこの新聞かね」と、課長がまたいつものそっけない顔になっていった。

「神奈川新聞です」

馨の答えを聞くと、課長はばたりと両手でデスクをたたいた。

「決まりだ。君には縁があるようだな。我が体育課には、『横浜体育』という広報紙がある。ところが今年の初めに第一号が出たきりだ。定期刊行物ではないが、そろそろ第二号を出さないといけない。たまたまこれは、神奈川新聞社で印刷しているんでね。その編集制作を君が担当してくれ」

そして庶務係に向かっていった。

「だれか加藤くんに、『横浜体育』の資料を、一式渡してやってくれないか」

この新しい仕事は、体育館改装工事よりも馨には驚きだった。いくら童話を書くからといって、広報紙の編集など、どこからどう手をつけていいかわからない。席にもどった馨が、口を尖《とが》らせてそんなことを考えていると、庶務係の先輩が、大きな紙袋を持ってやってきた。

「もとの担当者はアルバイトの学生でね。いまはいない。私はいくらか手伝ったんで知ってるんだが、なに、難しく考えることはないよ。広報紙といったって、タブロイド判ペラ一枚の、簡単なものだ。必要な原稿なんかは、市の体育協会にいえばいくらでも集まる」

馨がやや半信半疑の面持ちでだまっていると、先輩は一人でうなずいて続けた。

「そう、課長も使ってやればいい。市のお偉方《えらがた》のコメントなんか、頼めば喜んでとってきてくれるよ。そういうことは苦にしない人だから」

どうやらそんな経験もあるとみえ、余裕たっぷりで妙に楽しそうだった。ほかにも原稿依頼や催促《さいそく》の仕方のあれこれを、ユーモアまじりに話してくれた。そして先輩は、最後にこういって馨をはげました。

「神奈川新聞社にはね、社内報係っていう部署があってね、そこへいくと一から全部教えてくれる。私が紹介状を書くから、いって教えてもらえや。心配することはない」

課長はずるいな、とあとで馨は思った。神奈川新聞と縁がある、などと勝手に決めこんで、面倒な仕事を押しつけてきた。とはいえこれは、やってみるほかはないようだった。せっかく勉強してきた建築学なのに、しばらくおあずけになってしまうが、どうもやむをえなかった。

四　長崎源之助《ながさきげんのすけ》さんからの葉書

そのころ家に葉書がきた。宛名《あてな》はこんなふうに書かれている。

『市内　戸塚《とつか》区矢部《やべ》町谷矢部《やとやべ》……
　加藤様方　佐藤暁様』

この『佐藤暁』はサトウ・サトルと読む。馨のペンネームだった。本名のカトウ・カオルと、響きの似ているのが気に入ってつけたものだ。やがてこの名前でいくつかの作品が活字になり、児童文学仲間は、馨をペンネームで呼ぶようになっている。この葉書はそういう仲間の一人からだった。

本名とまぎらわしいばかりか、『佐藤』なんていう、ありふれた姓を持ってきたためか、どちらが本名でどちらが筆名か、他人はこんがらがるようである。しかも馨の習作には、『建築家のサットル氏』という、作者の分身らしき人物が、しばしば登場する。それで仲間内では、いつのまにか「サットル」と呼ばれるようにもなった。

葉書の宛書《あてがき》のように、馨の家は戸塚区にあった。父が建てた家で、駅からも遠く、あまり住みよいとはいえなかった。それでも、こんな思いきった郊外にあったために、戦災にも遭わず、ひどい住宅難時代をなんとかしのいでいる。

家は丘《おか》の中腹にあった。村道の面影《おもかげ》をのこす鄙《ひな》びた主要路から、田圃《たんぼ》の中の細道を通って丘裾《おかすそ》まではいるのだが、このあたりの四季折々の風情《ふぜい》は、馨も嫌いではなかった。四月には苗代《なわしろ》に稲の苗が育ち、田圃は田起こしがはじまっている。やがて梅雨《つゆ》がはじまるころは田植え、そしてあとの早苗田《さなえだ》もなかなかいい。

さて、そのとき受けとった葉書の差出人は、長崎源之助《ながさきげんのすけ》さんだった。南区の井土ヶ谷《いどがや》という町に住んでいる。通称『源ちゃん』で、そう呼びはじめたのは町の子供たちだそうだ。

つまり長崎さんは子供会の主催者だった。

馨より四歳年上で兵隊経験もある。児童文学に関心を持つようになったのも、はじめは子供たちに、本を読み聞かせたかったからだという。この長崎さんについては、以後おりに触れて述べることになるが、おだやかな目をした温厚篤実《おんこうとくじつ》な人だ。しかしときに、にこにこしながら辛辣《しんらつ》な意見を吐くから、油断はできない。

一方、成人してもやんちゃ坊主気分を、どこかに残している馨とは、うまく噛《か》みあったのかもしれない。もう二年ほど前からつきあいが続いていた。そのつきあいのはじまりは、たまたま二人とも、『日本童話会』という会の会員だったためだ。

この会の会長は後藤楢根《ごとうならね》さんといった。若いころから、童謡詩人として知られた人で、戦後いちはやく、児童文化振興を願って、この会を立ちあげた。実行力の塊《かたまり》のような、いたって磊落《らいらく》な人柄だが、どこかに詩人としての、繊細な感性と鑑賞眼をあわせもつという、懐《ふところ》の深い魅力的な人だった。

この会の機関誌『童話』に、馨の投稿作がのったのは、昭和二十一（一九四六）年の九月号である。その後長崎さんも童謡詩を認められて、同誌に掲載された。後藤会長は二人が同じ横浜市の住人と知り、双方に葉書をよこした。近くにいるようだから、会ってみたらどうか、という文面だった。

すぐに長崎さんから、一度遊びにきませんか、という葉書がきた。まだ専門学校生だった馨が、ひまを作って——馨は学校とアルバイトで結構《けっこう》忙しかった——訪ねていくと、長崎さんは小さな古書店の主《あるじ》だった。幸か不幸か、日中の店には客がめったにこない。「大体勤《つと》め人《にん》が帰りによるみたいだな。あとは日曜日だね」と、長崎さんはのんきだった。おかげで馨と長崎さんは、店裏の三畳間に陣どって、好き勝手な児童文学談義をかわした。ときには習作原稿を交換して、批評しあったりもした。

馨がまぎらわしいペンネームを使いはじめたのは、そのころからである。長崎さんはおもしろがって、馨を「佐藤くん」とか「サットル」とか、呼びはじめたのだったが、後に知り合った同好の友人たちは、違和感もなく長崎さんにならって馨をそう呼んだ。

そうなると馨のほうでも、まったく違和感なく、自分から『サトウ・サトル』と、名乗るようになっていった。しかし加藤馨こと佐藤暁と長崎さんとは、それほど頻繁《ひんぱん》に会っていたわけではない。

後藤会長は、同じ横浜だから、簡単に会えるだろうと思ったようだが、横浜もかなり大きく、戸塚と井土ケ谷は意外と離れている。直通のバス路線もあるにはあるが、本数が少なく時間も小一時間かかる。あと、横須賀《よこすか》線電車と私鉄を乗りついでいく手もあるが、同じくらいの時間がかかる。

それで筆まめな長崎さんから、ときどきこうして葉書がくることになった。その長崎さんはまもなく古書店をしめ、井土ヶ谷小学校近くに文房具屋をひらいたが、児童文学に対する情熱は、少しもおとろえていないようだった。店の奥に机を据え、その上には原稿用紙と万年筆が、いつでも書けるように置いてあるという。

そんな長崎さんがよこす葉書には、これという用件があるわけでもなく、身辺雑記や児童文学仲間の消息などを、ごく簡単に知らせてくれるものだった。そういうときは馨も、すぐに返事を出すことにしていた。このときも就職先を書きそえた葉書を送った。

五　ありがたい誘い

それから一週間ほど、馨は『横浜体育』の企画で振りまわされた。課長の命令で、一係と二係から一人ずつ先輩が出席して、企画の段階に加わってくれたのだが、課内には会議室のような余裕がない。しかたなく廊下の空き机を使って、こそこそと話しあっていた。そこへ加藤庶務係長が出てきていった。

「課長がね、あの踊場《おどりば》を使ったらどうか、っていってる。いいチャンスだから思いきってやってみようか」

指さしたのは目の前の階段で、もともとは屋上に出るためのものだ。だがここからは出られない。扉がこわれていて釘付けになっていた。

その階段を半分上がると踊場で、そこから百八十度折りかえすようにして、あと半分を上がるようになっている。案外広い踊場だが物置に使われていた。古いがらくたのような机や戸棚が、いい加減に置いてあった。それらを上の扉前に詰めこめば、ここが立派な会議室になる、というのだった。そういえば窓もひとつある。馨たちはさっそくとりかかった。

上部にもかなり広い通路部分があり、みんなそこに運びあげて押しこめた。がらくたの中に、古い長机《ながづくえ》と長腰掛《ながこしか》けが二つあったのを、庶務係長がみつけて引きおろし、雑巾拭《ぞうきんふ》きまでしてくれた。馨たちは踊場をざっと掃除し、その長机と長腰掛けを据えた。なるほど臨時の会議室が生まれた。庶務係長の加藤さんは愉快そうにいった。

「どうせここからは、屋上へ出られないんだからね、いつかここを占領して、体育課の応接所にしたいと思っていたんだ。こうして実績を作ってしまえば、総務部も許可しないわけにはいかないだろうよ」

課長ものぞきにきたが、気に入ったようで機嫌がよかった。この課長が、こんな一種の既得権を、手放すはずはないと馨は思った。みんなもそう思ったにちがいない。馨たちがそこで、編集会議の続きをはじめると、庶務の天野くんが呼びにきた。

「加藤くん、あんたに電話だよ」

馨はびっくりした。電話を受けるのは初めてだった。とっさに三和建設の『海軍さん』かな、と思ったのだがちがった。天野くんがこんなことをつけくわえた。

「長崎っていう人だよ。それがおかしいんだよ。はじめ、佐藤さんをお願いします、っていうんで、この課に佐藤さんはいないっていったら、あわてて加藤さんだっていう。加藤なら二人いるけど、っていうと、若い人だっていうから」

すでに階段から下りていた馨は、天野くんのおしゃべりを最後まで聞かずに、急いで部屋にはいった。課には電話が三台あるが、一台は課長専用、一台は一係と二係の共用、後の一台が庶務係用で、馨はこの電話を使うことになっている。といっても私用などには、まず使えないだろう。こうして外からかかってきても、馨にはなんとなくやましい感じがあった。

そんな気持ちから、はずされていた受話器をとり、できるだけ真面目な声で、もしもしといった。するとたしかに電話の向こうから、長崎さんの声がした。

「やあ、サットルかい、実は、ちょっと相談なんだけンど——長崎さんの訛《なま》りだが多分御両親ゆずり——横浜に平塚武二《ひらつかたけじ》さんがいるのがわかったんで、二人で訪ねてみないか。こんどの土曜日あたりはどうだろう。土曜日だったら、午後は空いているんだろ」

「いいですね。どこで待ちあわせますか」

普段はもっとざっくばらんに話すのだが、思わず固くなった。役所の土曜日はもちろん半日勤務である。平塚さんの家は磯子《いそご》の間坂《まさか》という町にあるそうで、桜木町駅前から市電でいくという。だから駅の構内で一時半ごろに会おう、と決めてくれた。それだけ聞いて馨は電話を切った。しかしありがたい誘いを受けたな、という思いが残った。

平塚武二さんの名は馨ももちろんよく知っていた。『たまむしのずしの物語』という、秀作を発表して評判になった作家で、その道に関心のある者にとっては、いわば時の人だった。児童文学界の第一人者である。

とくにこの作品は後に代表作とされ、国語教科書にも長く採用された。もともと文章に厳しい人だとは聞いていたが、この作品を見せられては、だれも文句をいえないだろう。その作家が横浜にいるとは、馨も知らなかった。後で聞くと、長崎さんは後藤会長に教えられたらしい。それでぜひ会いたいと思ったそうだが、さすがに一人では気後《きおく》れがあって、あまり物怖《ものお》じしない——と長崎さんは考えていたようだが——サットルに声にかけたという。

馨のことは、たいていの人がそんな誤解をする。根は小心な臆病者なのだが、他人の前ではそう見えないように、無理にもさりげなく振るまう。自分で自分に反発しているようなもので、いつかは見破られるだろうな、などと覚悟しているところもある。

振り返ってみると、そんな性癖は子供のころからあった。もはや習《なら》い性《せい》となっているが、それがいいことか悪いことか——どっちでもかまわないのだが——わからないが、そんな生き方が、馨をいささか複雑な多面的人間に見せ、そしていくらかの魅力を与えてもいるのだった。もちろん当人は、そんなことまで意識していたわけではない。

第二章

一　『たまむしのずしの物語』

ここで平塚武二《ひらつかたけじ》さんの『たまむしのずしの物語』の冒頭部分を少し引用しておく。どんな話なのか、およそのところはうかがえるだろうと思う。

＊

むかしのことでございます。わかい仏師《ぶつし》が、そのころの都、奈良のほとりにいたそうでございます。法隆寺《ほうりゅうじ》金堂《こんどう》におさめられております二尺《しゃく》七分《ぶ》金銅《こんどう》の薬師如来《やくしにょらい》をつくったという名高い仏師、鞍作止利《くらつくりのとり》の弟子であったとも、また、聖徳太子《しょうとくたいし》のすがたをえがいたという、これも名高い阿佐太子《あさたいし》の弟子であったともいわれておりますが、名はわかっておりません。

元明《げんめい》天皇の和銅《わどう》三年（七一〇年）から桓武《かんむ》天皇の延暦《えんりゃく》三年（七八四年）まで、奈良七朝《しちちょう》のあいだは、造寺・造仏のさかんなときでございましたから、仏師ともうしましても、数知れません。

新羅《しらぎ》、百済《くだら》、高麗《こま》をはじめ、遠くは、インド、サラセンの国ぐにからも、寺工《てらたくみ》、かわら博士、絵師、仏師がおとずれてきた都のことでございます。よほどの仏師でないかぎり、名を知られるところまではまいりません。まして、わかい仏師などの名が知られるはずもありません。といって、名がなくては、お話がしにくうございますから、若麻呂《わかまろ》とでも、かりに名をつけておきましょう。

＊

以下、法隆寺に伝わる国宝『玉虫厨子《たまむしのずし》』の飾りに、玉虫の羽を使うという奇想を、この若麻呂がいつどうして得たか、その着想をもとに、どのような工夫を凝らして制作していったか、巧《たく》みに語っていく。古風な文体に、一見衒学的《げんがく》とも思える古語を巧妙《こうみょう》にちりばめ、おのずと背景時代を浮かびあがらせるところもいい。前年、昭和二十三年の作だった。

馨《かおる》は前日の夜、もう一度この作品を読み返した。そして、再び感動しながらも、こういうのを書きたいという気は起きなかった。これはあくまでも平塚さんの世界で、自分の目指す作品世界とはまったくちがう。以前読んだときからそう考えていたのだが、その想いは再読しても変わらなかった。

ただ文章については、自分ももう少しうまくなりたいものだと、平塚さんの文章に接してあらためて思った。前々から考えていることではあったが、これについてはだれにたずねても、書いていくうちにうまくなるものだ、などといわれるだけである。つまり書き続けるほかはない、ということなのだろう。

さて約束の土曜日、前の日は雨だったが、この日は気持ちよく晴れあがった。二人は無事に出会い、桜木町《さくらぎちょう》駅の構内から出た。長崎《ながさき》さんは風呂敷包みを抱えていた。もしかしたらそれは手土産《てみやげ》か、と馨は思ったのだがだまっていた。そういうものを持っていく、という発想が、貧乏生活の馨には初めからなかったのだ。

馨には五人の家族がいる。祖母、母、姉、弟、妹、自分を入れれば六人である。ついでに述べておくと、母は区役所の嘱託《しょくたく》と華道《かどう》教授のかけもち、姉は保母の免状があって、近くの保育園に勤めている。弟は高校一年、妹は中学三年だった。収入はまとめても細々で、支出はほとんど闇ルートの食費にまわる。飢餓《きが》時代だとはいえ、エンゲル係数は冗談にもならない数になるだろう。

馨は学生時代から学校に通いながらも、せっせとアルバイトに励み、学費だけでなくかなりの額を稼ぎ、家計を助けていた。それでも月謝がおさめられずに、あやうく卒業をふいにしかねなかった。ようやく勤め人になって、家族一同ほっとしているところだが、もはやアルバイトはできないし、まだまだ貧乏のどん底は続いているのである。

手土産のことなど、思いつきもしなかった馨だったが、長崎さんのほうも、そのことは一言も触れなかった。

「源《げん》ちゃん、あっちの8番でいこう」と、馨は指さしていった。8番の電車は桜木町駅前広場の左隅から出る。いま時間待ちの一台がぽつんと止まっていた。

「えっ、だけンど、サットルよ、あれはたしか芦名橋《あしなばし》までしかいかないんじゃないか」

長崎の源ちゃんは、同意できないようでそういった。二人だけのときの会話は、だいたいこんな調子だった。長崎さんは『源ちゃん』と呼ばれ慣れていて、そう呼ばないと振り向いてくれなかったりする。

「杉田《すぎた》行きはなかなかこない。芦名橋までいけば間坂《まさか》はあと一駅だよ。歩いてもたいしたことないって」

サットルとしては、中学時代から利用している熟知の広場である。8番はたしかに芦名橋行きだが、土曜の午後でもあまり混雑しないはずだった。

「よし、そうしよう」と源ちゃんはいって急ぎ足になった。車掌がまだ外に出ているからあわてることはないと、サットルはわかっていたが、源ちゃんに合わせて足を速めた。そんな二人が乗るのを待っていたように、がらがらの市電は動きだした。

駅前から弁天橋《べんてんばし》を渡り、本町《ほんちょう》通りを大桟橋前《おおさんばしまえ》までいって、ほとんど直角に右へまがる。そこから横浜公園裏へ出て、薩摩町《さつまちょう》から花園橋《はなぞのばし》に向かう。ここで元街《もとまち》、本牧《ほんもく》方面へいく市電通りを横切り、東橋《あずまばし》、浦舟町《うらふねちょう》を経て睦橋《むつみばし》までまっすぐにいく。そこでこんどは左へ直角にまがって、中村橋、滝頭《たきがしら》と運河沿いを進み、八幡橋《やはたばし》の先で右にカーブして、磯子《いそご》の中心街にはいる。間もなく終点の芦名橋だった。

二　平塚武二《ひらつかたけじ》さんに会いに行く

ゆっくり座ってきた二人は、もう一停留所分、右側の歩道を歩いた。電車道の左側にはいくらか町並みが続くが、その後ろはもう海である。まばらな松の木立が見えていた。まもなく間坂の停留所についたが、右へゆるやかに上る切り通し道があり、その角に交番があった。とりあえず二人は立ち寄って、平塚さんの家を聞いてみた。

おそらく最近は東京からの編集者も、ここで聞くことが多いのだろう。すぐに教えてくれた。この先の路地をはいった平屋の家だという。そこで二人は、ひとつひとつ路地をのぞきこんでは進んだのだが、それらしい家が見えないままにゆき過ぎ、かなり先までいってしまった。しかし、交番で聞いたところでは、それほど遠いはずはない。二人は同じ道をゆっくり引き返した。

「おいサットル、ここかな」と、長崎の源ちゃんが立ち止まったのは、路地とはいえやや上り坂になっていて、いくつか低い石段のある袋《ふくろ》小路《こうじ》だった。正面には二階家の門が見えている。この家の専用路かと思ったので、さっきははいらなかった。平塚さんの家は二階家ではないはずだ。

「そうかもしれないな」と、馨ことサットルは答え、一人ではいってみた。袋小路にはちがいなかったが、行き止まりのすぐ手前右に、古い板塀《いたべい》にはめこまれた、これまた古い木戸があり、三分の一ほど開いたままになっていた。

その左の門柱に『平塚武二』と表札がつけてあった。物のないころだから、多分間に合わせの板切れを使ったものだろう。独特なくせのある筆字だった。サットルは手を振って源ちゃんを呼んだ。

大またではいってきた源ちゃんは、すぐ木戸に手をかけた。もう少し開けようとしたのだが、片手で引いたくらいではびくともしなかった。どこかが引っかかっているらしい。古い木戸だったから、全体がゆがんでいるのかもしれなかった。無理に力をいれると、ばらばらになりそうである。

「そのままにして、とにかくはいろうや」とサットルはいったのだが、源ちゃんはその古い木戸を、上から下までしばらく眺めまわした。毎日使う木戸だろうに、なぜこんな古いままにしておくのか、源ちゃんとしては不思議だったようだ。

貧乏人のサットルは、これもおもしろいではないか、と思っていた。児童文学界の第一人者といえども、いまの時代それほど余裕があるとも思えない。がたがたの木戸から平然と出入りしているなど、いかにもユーモラスで、そのくせどこか偏屈《へんくつ》で、名人芸の文章を書く童話作家に、ふさわしいような気がしていたのである。

サットルは源ちゃんにかまわず、先に狭い木戸の隙間をすり抜けた。すぐに源ちゃんが続いた。はいったところは、意外と広い庭の横手で、右隅にひょろりとした庭木が一本だけあった。百日紅《さるすべり》だった。塀の脇に雑草がいくらか見える。あとはほとんど剥《む》き出しの土の庭だった。

家は左側にあった。向かって左端に玄関があり、引き違いのガラス戸が閉まっている。その右には縁側があって、戸が開いたままになっていた。源ちゃんが玄関の戸をそっと引き開け、「ごめんください」と声をかけた。

なんの返事もなかった。二度三度、源ちゃんは次第に声を強めてみたものの、家の中はしんとしたままだった。源ちゃんは外に出て「留守かな」といった。二人で右の縁側をのぞいた。向こう側の障子《しょうじ》も開いていて、八畳間の座敷《ざしき》が見えていた。

「ごめんくださーい」と、こんどはサットルが縁側から声を張った。

「どなたか、いらっしゃいませんか」

平塚さんは不在だとしても、こんなにどこも開けっ放しのまま、家族の方まで出かけているとは思えない。せっかくやってきたのだから、平塚さんに会えないとしても、せめてここまできたということを、伝えて帰りたかった。

すると、座敷のどこにいたのか、小型のテリア犬が、よたよたと出てきて縁側にぺたりと腰を下ろした。みるからに老犬である。そのまましっぽを振るでもなく、といって吠えるでもなく、小首をかしげて二人をじっと見ている。

「しようがない、こんなことをしていると、空巣狙《あきすねら》いとまちがえられそうだ」

長崎の源ちゃんはそういうと、風呂敷包みを広げ、菓子折《かしおり》らしきものを縁側に置くと、ポケットをさぐって名刺をとりだした。その名刺に万年筆でなにごとか書いた。サットルはそっと玄関前にいって戸を閉めた。

二人はなんとなく気落ちした気分で、あの動かない古木戸をすり抜けて道へもどったのだった。

三　伝言

翌週の初めから、馨はたいへん忙しかった。広報紙『横浜体育』第二号の企画が決まり、課長の決裁も無事にすんで、一係と二係の先輩が、市のいくつかの体育協会に声をかけ、近況報告を集めてくれることになった。これらが二面（裏面）を占める。馨は元日本体育協会理事だったという、Hさんのインタビューをすることになった。これが一面（表面）のほとんどを占める。

また、馬車道にある神奈川新聞社にいって、庶務の先輩がいっていたとおり、『社内報係』に会い、新聞編集のイロハを教わった。本格的にはじめるのは原稿が集まってからのことだが、この仕事は案外と興味深く、童話作家、佐藤暁《さとる》を名乗る身としては、ついつい熱中してしまいそうだった。

インタビューも、初めてにしてはたいへんうまくいった。ひと昔前だと馨のような駆けだしの小役人など、気安《きやす》く話もできない偉い方だったそうで——面会予約をとってくれた課長がそういった——、馨も内心びくついていたのだが、それがいつものように逆に働き、淡々と振るまって、ただ礼を失しないように、とだけ気を遣《つか》った。

軽井沢《かるいざわ》、といっても横浜市内の町名だが、ここは戦前から横浜の屋敷町《やしきまち》である。その町のH氏邸を訪ねると、立派な応接間に通され、昼間だというのに、ビールを馳走《ちそう》してくれた。『爺さん』と自称するHさんは、隠居仕事にビール会社の顧問をしているそうで、巷間《こうかん》に噂されているような、闇のビールではありませんと、にこにこしながらいった。

だから安心してお飲みなさい、というのだが、馨はそれまで、ビールも酒も飲んだことがなかった。しかし、ここはことわれないだろうと思い、だまってコップを干した。意外と素直に喉をとおった。あとも注がれるままにゆっくり飲んだが、アルコールに強いタチだったらしく、いくらかふわりとしたかな、と思っているうちにそれも消えていった。

話を聞き、メモをとりながら相づちを打ち、たまには質問もしたりした。ベルリンオリンピック大会の思い出話が、馨にはおもしろかった。そのほか話好きらしいHさんの、戦前のことなどをあれこれ聞いているうちに、Hさんがいいだした。

「君、こんなとりとめない話ばかりで、まとめるのはたいへんだろう。よかったら私が便《びん》箋《せん》に何枚か、要点だけでも書いてあげようか。それをもとにすれば、まとめやすいのではないかな」

思いがけない申し出を受けて、馨は恐縮してしまった。落ちついて対応しているつもりだったが、世慣れたHさんの目には、頼りない小僧ッ子に見えていたのかもしれない。馨はやや戸惑《とまど》いながらも、礼をいってその申し出を受けた。Hさんは「鉛筆《えんぴつ》でもいいいかな」と、独り言のようにいってあとを続けた。

「このごろはあまり書く機会がないんでね、これは久しぶりだな。すぐに書いて郵送してあげよう」

そして楽しそうに笑った。そろそろ一時間半も経っていただろうか、馨は鄭重《ていちょう》に挨拶をして立った。Hさんは「またいらっしゃい」といってくれたが、用もないのにくるわけにはいかない。おそらくこれが最初で最後になるだろう。

外に出て振り返ったとき、ふと、もう一人のHさん、つまりよく似た姓を持つ人を思いだした。平塚武二さんのことだ。先日は不首尾に終わったが、あのときの平塚さんの家のたたずまいのほうが、このビール会社顧問の、偉いHさんのお屋敷より、馨にはずっと好もしかった。

平塚さんの人柄はなにも知らなかった。会ってみないことにはなんともいえないが、作品から想像すると、学者気質の気難しい人のようにも思う。やっぱり一度会ってみたい人だな、と馨は考えた。しかしもともと馨は、仕事でもないかぎり――このインタビューのように――、いきなり知らない人を訪ねたりはしない。

馨は人見知りの強い子だったのだが、そんな自分の弱みを見せないよう、そのころから懸命に努めた覚えがある。その妙な性癖が、いまも続いているのはすでに述べたとおりだが、本質の人見知りは変わっていないようだった。それだけに長崎さんの誘いには、内心大いに感謝していた。

あの日はうまくいかなかったが、長崎さんのことだから、あきらめてはいないだろう。この次のときも、また声をかけてくれるかな、と馨は思った。そしてそのあたりでさっと頭を切り替え、仕事のことを考えながら役所にもどった。

廊下の席について、さっそくメモの整理をはじめようとしたところ、天野《あまの》くんからの伝言が置いてあるのに気がついた。この同僚とはすでに遠慮のない仲になっている。馨の留守中に長崎さんから電話があったらしく、伝言はこう書いてあった。

『こんどの日曜日、平塚にいく。前と同じ時間同じところで待つ。(三時、天野受け)』

もちろん馨にはよくわかったが、天野くんが平塚を地名と勘ちがいしているらしいのが、なんとなくおかしかった。馨はすぐに立って、天野くんに礼をいいにいった。忙しいようで、算盤《そろばん》に向かっていたが、馨が「伝言ありがとう」とだけいうと、手を止めて振りむいた。

「なんだか電話の調子が悪くてさ、やっと聞きとった。あれでわかったかな」

「よくわかったよ。ありがとう」と、馨はもう一度礼をいって席にもどった。自分の思いが源ちゃんには通じたようで、思わずにやにやした。気分よくメモの整理に向かったのだった。

四　再訪

長崎さんからは家に葉書も届いた。電話では、うまく伝わっていないかもしれないと、心配したようだった。その文面によると、あれから数日後、平塚さんから電報がきたそうだ。『日曜日は家にいる。いつでもおいでなさい』とあったという。

そこで長崎さんは一週おき、この日を選んで、すでに平塚さんには返事を出してあるという。『サットルには事後承諾になるけど、都合をつけて、ぜひいっしょにいってほしい』と葉書にはあった。もちろんサットルとしては、べつに文句はない。また誘ってくれてありがたかった。

いつか月が移って五月も半ばになっていた。

当日、二人はまっすぐ平塚家に着いた。あのあぶなっかしい古木戸は、手を入れたとみえて、からからとらくに開きらくに閉まった。こんどは長崎さんも手ぶらだった。その長崎さんが、この前と同じように玄関の戸を開けた。そして二人ともびっくりした。

玄関の上がりかまちは障子《しょうじ》で仕切られているが、先日とちがって今日はいっぱいに開けられ、二畳の小部屋が半分見える。そこに和服の男の人が、大きめの座布団に横向きに正座していた。障子にかくれているが、壁際に座机があるようで、書き物をしているらしい。その人がじろりと二人を見てうなずくと、実に丁寧にいった。

「いらっしゃい。私が平塚です。いま書きかけの物があるので、申し訳ありませんが、あちらの縁側から上がって、しばらくお待ちください」

そして後ろの襖《ふすま》を少し開け、「おーい、かあさん。お客さんだよ」といった。「はいはい」と飾らない声が答えた。二人は戸を静かに閉め縁側にまわった。すぐに大柄の奥さんが障子を開け、縁側に出てきた。奥で子供の声がしていた。幼い男の子のようである。奥さんはまったく気どりのない口ぶりでいった。

「このあいだはごめんなさいね。ちょっとご近所にいってたのよ。さ、ここからどうぞ」

想像していた作家夫人とは、ずいぶん印象がちがうな、と馨は思った。長崎さんも同じ思いだったようだ。二人は縁側から座敷にはいった。真ん中にかなり年代物と思われる、立派な真四角の座卓があり、その周りに座布団が四つ置いてある。

最年少の馨としては、床の間に向かいあう席が下座《しもざ》かと考え、そこにひざをそろえて座った。長崎さんは縁側を背にして、やはり正座で座った。するとすかさず奥さんがいった。

「そんなにかしこまらないでいいのよ。さ、ひざをくずしてらくにしなさい」

なんだか、おとなりの小母《おば》さんに指図されているようで、二人とも素直に従った。それを見て奥さんは引っこんだが、すぐにお茶の道具と、枇杷《びわ》の実を盛った小籠《こかご》と、からの器を抱えてもどってきた。

「この枇杷はいただきもの。嫌いでなかったらどうぞ。皮や種はこっちの入れ物にいれて。うちの先生は、面倒だからって、枇杷は食べないのよ。ほんとは好きなくせしてね」

なんともざっくばらんで、さすがの長崎さんも、ただ「はあ、はあ」と答えるだけだった。馨は好物だったので遠慮なく枇杷をひとついただいた。まだ枇杷には早い季節かと思ったが、結構甘く熟《う》れていた。

奥さんがお茶をいれていると、馨の後ろの襖が開いて、平塚さんがはいってきた。米屋がつけるような前掛けをしている。長崎さんも馨も急いで座布団を下り、挨拶しようとした。それを平塚さんは手を振っておさえ、前掛けをとりながらいった。

「この着物は藍微塵《あいみじん》という布地でね。私は執筆に筆を使うものだから、汚したくなくてこんな前掛けをしています。ところで長崎さん、さあどうぞあちらへ」と、てのひらを伸ばして、長崎さんに床の間の前の座布団をすすめた。二人のうちの、どちらが長崎なのか、一目で見分けたのだろう。

「今日は私のいうことをお聞きなさい。それから、君、君はそちらへ」と、馨にはいま長崎さんが立ったあとをしめした。

「そして、ここが私の席。さ、場所が決まったところで、あらためて名乗ります。私が平塚武二です。よくいらっしゃいました。よかったら、自己紹介を願いましょう。まず長崎さんから」

「はい、私は長崎源之助といいます。よくペンネームとまちがえられますが、本名です。通称は『源ちゃん』です。井土ヶ谷《いどがや》で文房具屋をしています。手紙にも書きましたが、後《ご》藤楢根《とうならね》先生の日本童話会の会員です。たびたびおさわがせして申し訳ありませんでした」

「はい、次」と、初めて平塚さんはにこりとして馨を見た。一見精悍《せいかん》で気難しそうな平塚さんは、笑うと実に親しみのある優しい感じになった。馨は座りなおして名乗った。

「ぼくは加藤馨といいます。戸塚に家があって、今年の春から市役所に勤めています。源ちゃんと同じく、日本童話会の会員で、ペンネームを佐藤暁といいます。サトルはアカツキと書いてサトルと読みます。そのためもあって、仲間内では『サットル』と呼ばれています」

「わかりました。源ちゃんとサットルだね。これは覚えやすい」と平塚さんはおもしろそうにいった。

五「あきらめたらおしまいです」

「なにか質問でもありますか。なんでもお答えしますよ。源ちゃん、どうですか」と、平塚さんはうながした。そこで長崎の源ちゃんがさっそく切りだした。

「先生は、えー、いつも原稿を筆で書かれるんですか」

「そうです。これには理由がありましてね。戦中戦後の原稿用紙は質が悪くて、ペンで書くとインクがにじむんです。それでやむなく筆を使って、墨で書くようになったわけでしてね。ところでひとつだけいっておきますが」

ふいに平塚さんは話をきって、二人を交互に見た。そして続けた。

「先生、と呼ぶのはおやめなさい。あなた方は、編集者ではないし、一般庶民ともちがう。

児童文学を書こうと志している人でしょう。いわば私の後輩です。私は少し早くこの道にはいった先輩にすぎません。あなた方になにかを教えたわけでもない。先生はいけませんね。平塚さん、で結構」

「でも先生」と源ちゃんはいって、急いでいいなおした。「じゃなくて、平塚さん、いまの原稿用紙はもうそんなことないです。かなりいい紙を使っています」

「そう、源ちゃんは文房具屋さんだから、よく知っているわけだ。そのとおり、紙はよくなりましたが、私のほうでこの筆書きが、くせになってしまいましてね。それまでは、ペンの走る速さを自慢していたものですが。筆を使うと、一字一字ゆっくり書くので、文が落ちつくんですよ」

実はサットルも、まったく同じ字がにじむという理由で、原稿を筆書きしたことが一回だけあった。雑誌『童話』に初めて投稿したときだが、それが思いがけず活字になったのだから、これは忘れられない。そのためか平塚さんの話が、横で聞いていてサットルの胸に、すとんと落ちた。

もちろんサットルはまだまだ、平塚さんのような境地にはほど遠い。だからこそ、この平塚さんから文章の書き方作り方を、教わりたいものだと強く思った。そんなサットルの気配を察したか、平塚さんは顔を向けた。

「サットルくん、君もなにか聞きたいことはありませんか」

「あります。あの、先生のように、もとい、平塚さんのように、文章がうまくなるには、どういう修業をしたらいいんでしょう」

「これはまた、難しいことをいわれる」と、平塚さんはにこにこした。

「ひとつには、その人の資質ですね。名文が書けるというのは、持って生まれた資質、文才がものをいうようですよ。しかし作品では、必ずしも名文である必要はありません」

そこで平塚さんは、サットルだけでなく、源ちゃんもちらちら見ながら、こんなふうに続けた。

「文章は、まずわかりやすい、ということが大切でしてね。明快平易《めいかいへいい》が根本でしょう。伝えようとする情景や感情や、ときには物の形や大きさなどが、読む人に的確に伝わらなければいけない。何人かの人間を、明快に書き分けたりもしなければなりません。作品を書くには、たいへん重要なことです」

そして、しばらくだまっていたが、やがて腕を組んで、つぶやくようにいった。

「私に文章を叩きこんでくれたのは、『赤い鳥』の鈴木三重吉《すずきみえきち》でしてね。まあ先生というならこの方が私の先生です。あの方はどんな人の文章でも、かまわずに朱《あか》を入れていましたがね。私は後期『赤い鳥』の編集をしていましたが、ときどき短い作品を書かせてくれるんです。そのとき、なんとも徹底的にしごかれましたねえ」

はあっと、源ちゃんがため息をつくような声で切りだした。

「あのう、私たちがこれから、平塚さんに文章を教わるようになったら、先生とお呼びしてもいいでしょうか」

平塚さんは、いいともいけないともいわず、右手を広げてさしだした。

「まずは、あなた方の作品を見せてください。ただ話をしているだけではわかりませんし、お互いつまらないでしょう。どうぞ、こんどは書いたものを持っていらっしゃい。話はそれからですね」

そのあとはぐっとくだけて、しきりに源ちゃん、サットルと呼びかけ、枇杷をうまそうに食べた。いつのまにか奥さんが引っこんだと思ったら、五、六歳の可愛い男の子が一人ではいってきて、きちんと畳に座ると両手をついて、挨拶をした。

「よくいらっしゃいました。どうぞ、ごゆっくり」

あわてて源ちゃんが、「はいはい」と答えた。サットルは先ほどから、襖の向こうで奥さんが、口移しに教えていたのを聞いていたので、思わず言葉が出た。

「ありがとう坊や。もう学校にいってるの」

「まだいってない」と小声で答えた。利口そうな可愛い子だった。横から平塚さんが、嬉しそうにいった。

「学校は来年からでね。この子は法隆寺にちなんでホウリュウと名付けたのですが、ホウの字を、かんばしい、という、草冠《くさかんむり》に方を書く字に代えて、ヨシタカと読みます。さ、もうあちらへいきなさい」

おしまいの言葉はその芳隆くんにいったものだ。「はい」と、芳隆くんはすぐに立って襖の向こうに消えた。

「平塚さんは、前々から法隆寺に関心をお持ちだったんですか」と源ちゃんがたずねた。

「まあそうですね。玉虫厨子の話を書きたいと思ったのは、戦争中のことでしたから。しかし、作品化するには熟成期間が必要でしてね。ずいぶんかかりました。あなた方もそうですよ。もし書きたいと思っているテーマがあったら、決して離してはいけません。しっかりつかまえていて、作品にしなければなりません。あきらめたらおしまいです」

そして平塚さんは、二人をかわるがわるねめつけるように見た。

「これは大事なことだからいっておきますが、作品というものは、書こうと思い続けていると、必ず生まれてきます。源ちゃんも、サットルもきっといまに、すごい作品を書きますよ。いま私のいったことを、忘れなければ、ですが」

ようやく源ちゃんもサットルも、緊張がとれてきたところだったが、こんな言葉を聞くと、サットルでさえ、心中に力が湧くような気がした。あとで聞いたところでは、源ちゃんもまったく同じ思いだったそうだ。

平塚武二という作家は、若者に意欲を吹き込むことに、たいへん長《た》けていた人だった。悪くいえば煽《あお》って焚《た》きつけるのがうまいのである。だから、平塚さんを訪ねて帰るときは、なんだか、すぐにでも傑作が書けるような気がしたものだ。その第一回のこの日も、二人はすっかり高揚した気分にしてもらって、辞去《じきょ》したのだった。

第三章

一　削《けず》るは易《やす》し

市役所の新人、加藤馨《かおる》は、広報紙制作という仕事に、あいかわらず忙殺《ぼうさつ》されていた。

まずは、あの偉いHさんから、約束どおり、インタビューの要点なるものが届いた。便《びん》箋《せん》に書くといっていたが、封筒から出てきたのは、てのひらほどのメモ用紙十数枚に、鉛《えん》筆《ぴっ》の走り書きでびっしり書き込んであった。これを読み解くことから苦労がはじまった。

馨はたいていの書き文字なら、読みこなす自信があった。祖母が愛読していた和綴《わと》じの本や、家に伝わる古文書なども読んだことがある。だからこんな手書き文など、たいしたことはないと思ったのだったが、とてもすらすらとは読めず、呻吟《しんぎん》することになった。

漢字の崩《くず》し字《じ》にはまいった。どうやら変体仮名《へんたいがな》——現在の平仮名とはやや違う仮名——もまじっているようである。課長にたずねたりすれば、自分で読め、と突っ返されるだろう。その課長はよく席をはずすので、そんなときをねらって、加藤庶務係長に判読《はんどく》を頼みにいった。しかしたいていはお手上げで、わるいが私には無理だ、といわれてしまう。

するとー係長、二係長、それに部屋にいた者がみんなよってきて、懸命に読もうとするのだが、結局歯が立たずに放りだされてしまう。馨は放りだすわけにいかないから、鉛筆書きのメモ用紙をためつすがめつ、にらみながらじりじりと時を過ごす。

しかし読みとった文章はなかなかのものだった。達文《たつぶん》といっていい。この文の合間に自分のメモと照合して、適当に質問や感想をはさんでいけばいい。そう思うとまことにありがたく、とてもHさんを恨む気にはなれない。馨は知恵を絞って少しずつ読み解き、二百字詰原稿用紙に書き写しながら、インタビューの形に整えていった。

そして最後に、どうにも読めない字——二字の熟語らしい——が残った。前後の関係から、これは地名ではないかと考えられた。となると、なおのことい い加減にごまかすわけにはいかず、といって切り捨ててしまうこともできない。地名だとして、いったいどこだろう、と首をかしげたときにひらめいた。

「そうかあ、こいつは『獨《どく》』『乙《おつ》』だな。こんな難しい当字《あてじ》を、鉛筆の走り書きでくずして書かれたんじゃ、だれにも読めやしねえ」

馨は思わず口走《くちばし》った。となりのガリ版の先輩が、くすくす笑いながら身を乗りだした。馨も笑いながらメモをさしだした。実は少し前にも見てもらっていた。いつも他人の原稿を読み慣れている人だから、あるいはすっと読んでくれるかと期待したのだが、しばらく見ていて、「わからん」といったのだった。

「なーるほど」と、こんどはおとなりさんも嬉しそうにうなずいた。

「加藤くんのいうとおり、こりゃ漢字でドイツって書いたんだな」といった。

あとはもう問題なかった。その日は少し退庁時間を遅らせ、インタビューの原稿を仕上げて課長の机に置いた。これで明日朝いちばんに、課長は目を通してくれるだろう。

「残業かい」と、加藤庶務係長が、そんな馨の姿を見て声をかけてくれた。この人はたいてい課員よりあとに職場を出る。馨は「いいえ」と答えた。残業というほどのことではない。

次の日、市内の各種体育協会からよせられた、近況報告の原稿が届けられてきた。かなりの量があったが、無駄に多いという気もした。ざっと見たところ、文体もばらばらなら、文章としても冗漫《じょうまん》なものが多かった。無理もないと馨は思った。日ごろ文章など、めったに書かない人にはありがちのことだろう。

中には達者なものもあり、ユーモラスなものもあるのだが、そのままでは使えないと思われるものもある。といってどの協会も捨てるわけにはいかないらしいから、こちらでできるだけ公平に、切りつめなくてはならなかった。

馨は一大決心をして、その面倒な仕事にとりかかった。全体の調子を合わせるという名目で、片っ端から手を入れていった。自分は課長のいったような、『筆の立つ』人間ではない。しかしこれはどうにもやむを得なかった。

こんなことを、青二才の下っ端役人がやっつけていいのかな、などと心のどこかで考えながらも、いつか夢中になっていた。そしてひとつの教訓を得た。つまり、文章というのは、書き足すのはたいへん難しいが、削《けず》るのは案外易《やさ》しい、ということだった。

やがてこうした苦労が実り、前号を参照して見出し小見出しをつけたところで、課長の承認を受けた。締めくくりとして、その課長のコラム原稿をもらい、それらをかかえて、馬車道《ばしゃみち》の神奈川新聞社へいった。

ここで教えられた新聞編集のあれこれも、馨にはおもしろかった。これはまず行数を数えるところからはじまる。すでに数えてはあったのだが、あらためて確認し、見出しなどの大きさと字体を指定して、すぐ印刷工場にまわす。

まもなく、新聞一段分の細長いゲラになって出てくる。これを台紙に貼りつけ、余ったところ足りないところの、手直しをする。ここでも書き足すのは難しく、削るのは易しかった。大見出しは別に出てくるので、切りとって貼る。

馨としてはHさんの写真――新聞社にあると聞いた――も入れたかったのだが、費用がかかるというので断念し、出来合いの小さなカットを入れてもらった。これならサービスだという。

『横浜体育』という表題、その下の奥付《おくづけ》のような部分は、ここに保管してあって、そのまま使った。ただし、日付、号数などは当然さしかえてもらった。こうして数時間後、一面（表）二面（裏）の、ゲラ刷りを二枚ずつ持って役所に帰った。

二　童話研究会の仲間たち

いつか爽《さわ》やかな初夏は過ぎていて、梅雨《つゆ》が近づいていていた。そして『佐藤暁《さとる》』宛《あて》の葉書が、長崎《ながさき》の源《げん》ちゃんから届いた。ついでながらこの『暁』を、サトルと読むと教えてくれたのは、中学（旧制）の漢文の先生である。当時は旧字で『曉』と書いたのだが。

「アカツキになると万物がはっきり見えてきて、周囲があきらかになり、状況をさとるようになる。それでこの字は、アキラカ、アキラ、それにサトシ、サトル、などとも読むね」

先生はそういって、『通暁《つうぎょう》』や『暁達《ぎょうたつ》』などの熟語を黒板に書いた。それを覚えていたのでいただいた。本名に匹敵《ひってき》する小難しい字、というのが気に入っていた。しかしこの字を、サトルと正しく読んでくれる人は、これまで一人もいなかった。

しかたなく、ときには名前の部分を、平仮名書きに開くこともあった。作品に向かうときの気分次第で姓のほうも開き、『さとう　さとる』としてしまう。どっちみち児童文学関係の人たちは――平塚さんも後藤会長もふくめて――、みんなサットルと呼ぶので、佐藤暁としてはべつにこだわりはなかった。

さて、源ちゃんからの葉書には、六月の第×日曜日に、平塚さんの家に仲間をつれていくので、サットルもこないか、という誘いだった。仲間というのは、日本童話会の人たちで、この会には童話研究会というのがあり、そこにはさまざまな才能がよっていた。

その中で気心の知れた人といえば、まず神戸淳吉《かんべじゅんきち》さんがいた。源ちゃんよりも年長で、まことに物静かな人格者だった。この人の幼年童話はすでに定評があり、いずれは作家として立つ人だろう。そして乾冨子《いぬいとみこ》さんがいた。ペンネームは『いぬい　とみこ』だった。本名と同じだが、本人がいっていた。

「私のことを『カン・フシ』さん、なんて呼ぶのよ。いくらなんでもひどいじゃない」ということから、こんな表記にしたらしい。源ちゃんと同じくサットルより四つ年上で、お姉さんのような人だった。

優しい心遣《こころづか》いもできるが気も強く、サットルはこの人によく文句をいわれた。しかしそんなときにも言葉には毒がなく、サットルとしては、いい姉貴という思いがあった。仲間うちでは最も才能に恵まれていると、サットルはひそかに考えていた。

ほかにも仲間はいたが、その日はその二人だけだという。もちろん源ちゃんが案内するので三人になる。そこにサットルが加われば四人だ。あれからサットルは、平塚さんを訪ねていない。こんどくるときはなにか作品を書いてこい、といわれているので、おいそれとは近づけないでいた。

四人ならなにも持たずにいっても、叱られないだろうと、サットルは思った。そこですぐに承諾の返事を書いた。あの平塚さんに文章を教わりたい、と願っているのに、勤めの忙しさにとりまぎれて、作品らしいものはまったく書いていなかった。こんなことではとても『いい弟子』にはなれないな、と反省しながらも、平塚さんに会うのは楽しみだった。

その日、サットルが平塚さんの家に着いてみると、もう三人はきていて、平塚さんと談笑していた。しかし、招《しょう》じいれられた八畳の座敷には、もう一人、見知らぬ新しい仲間が加わっていた。

「このノッポがサットル。正しくは佐藤暁くん。ペンネームだけどね。それから」と、長崎の源ちゃんが、まずサットルをその人に紹介し、それから初対面の人を紹介してくれた。

健康そうに日焼けした、がっしりした青年だった。

「こちらが画家の池田仙三郎《いけだせんざぶろう》さん。どうやらサットルの中学の先輩らしいよ」

「えっ、こりゃたいへんだ」とサットルは、くずしかけたひざをもどして、急いで正座した。サットルは本牧《ほんもく》の丘の上にある、県立三中を出ている。そのことは源ちゃんにも話したことがあった。池田さんはにやりとした。

「なにもかしこまることはないよ。ぼくと君は、そんなにちがわない。ぼくは昭和十二年入学だからね」

サットルは昭和十五年入学なので、一年生のとき池田さんは四年生だったわけだ。と、ふいにサットルは、妙なことを思いだした。そのころ中学の同窓会会報へ、あきれるほど達者な齣漫画《こままんが》を寄稿した上級生がいて、しばらく評判になった。うろ覚えながら、あの漫画作者の名は『池田』ではなかったか……。

サットルがだまりこんだところで、平塚さんが割りこんでくれた。

「池田くんは、近く私の連載に、挿絵《さしえ》をつけてくれることになりましてね、これからはちょくちょく、ここへ顔を出すことになるでしょう。ちょうどいいから、皆さんにお引き合わせをしたというわけです。サットルと同窓とは思ってもいませんでしたが、まあ世の中せまいもんです」

平塚さんは笑いながらいった。

「そこで私もひとつ、打ち明け話をしますが、私は三中でなく二中でね。ところが同期に、佐藤義美《さとうよしみ》と、西山敏夫《にしやまとしお》がいます。へんなもんですね。三人も童話作家がいるんだから。考えようによっては、とんでもない話でしょう」

へえーっとみんなが感心した。佐藤義美といえば、童話もいいが、『グッドバイ』などの作で童謡詩人としても一流である。西山敏夫さんも、学年別雑誌などではひっぱりだこの童話作家だ。この三人が同窓で、しかも同期生というのは興味深かった。

三　文章の凹凸《おうとつ》

この日、いぬいさんだけが習作の原稿を持ってきていた。最初にお目にかかるのだから、といっていたが、かなり自信もあったのだろう。それを平塚さんにさしだすと、平塚さんは立って、玄関の二畳間から赤鉛筆を一本とってきた。

「ちょうどいいから、君たちもいっしょに見ていなさい」

そして書き出しの一行から、遠慮なく手を入れはじめた。平塚さんはなにもいわないが、いぬいさんらしい詩的ないいまわしが、どうやら気にさわるらしく、消してはごく当たり前の言葉に替えていった。いちいち説明がないのは、一対一ではないからかもしれなかった。

いぬいさんは、ふくよかな身体つきとは裏腹《うらはら》に、小さな可愛らしい字を書く。そんな字を原稿用紙マス目の右に、きれいにそろえてあるのだが、そのきれいな原稿が、たちまち赤字でひっかきまわされていった。何枚目かになって平塚さんは、数行のパラグラフをいじっていたが、途中で止めると、いきなり赤鉛筆の線でぐいぐいと消してしまった。

「ああ、あ」と、それまでじっと我慢していたらしいいぬいさんが、手を出して悲鳴のような声を上げた。

「あのう、そこは、とても気に入っているところなんですけど、なんでだめなんですか」

「やっぱりそうですか」と、平塚さんは真面目にいった。そして頭をよせていたみんなを見まわした。

「文章っていうのは正直なものでしてね。作者がここは我ながらうまく書けた、と思っているところは、たいてい作中で浮いているんです。いいですか、文章を道路にたとえましょう。ここまで私が手を入れたのは、いわば道路の凹《へこ》み部分です。そしてここは、道路の盛り上がっているところ、つまり凸《とつ》の部分」

いいながら平塚さんは、いま消した部分を赤鉛筆で突っついた。

「凹みは、指摘されればたいていわかる。ところが、凸の部分には本人もなかなか気がつかない。いぬいさんも、いまたいへん惜《お》しそうにしていましたね。もし、この作品全体を、この部分の調子で通していれば、多分傑作《けっさく》でしょう。ところがそうなってはいない。いぬいさんが、作り上げようとしている文体と、ここだけが大きくちがう」

そして、にこりと笑って続けた。

「これは覚えておいたほうがいいですね。読み返すたびに、ここはうまく書けた、と思うのは、実はそこが出っ張っているんです。そういう部分は思いきって捨てなさい。そのほうがすっきりする。道路と同じ、文が平《たい》らになる。つまり平易になるわけです」

「はあー」と、いぬいさんはため息のような返事をした。勝気なこの人は、まだ不満なようだった。しかしサットルにはうなずくところがあった。広報紙の原稿をやむなく整理したとき、たしかにそんな感覚があった。文を削《けず》るのは易《やさ》しく、しかも真っ先に削るのは、筆者の独《ひと》りよがりらしき部分だった。

やがて、みんなそろって平塚さんの家をでた。いぬいさんは一応納得しながらも、悔しいとみえて、「反論の余地がないのが実に残念よ」、と何度も嘆《なげ》いた。みんなは歩きながら大きな声で話した。緊張から解放されたためだったろう。

「原稿を持ってくるときは一人でこよう」と、源ちゃんはいった。

「あんなふうにみんなの前でやっつけられるのは、勘弁《かんべん》してほしいものな」

「それがいい」と、神戸さんはにこにこした。しかしこの人は多分、反論するところはきっちり反論するだろうと、サットルは思った。そして、急にまた思いだして、池田先輩に向きなおった。

「池田さん、もしかしたら昔、同窓会報の『牧陵《ぼくりょう》』に、漫画を投稿したのは、池田さんではなかったですか。田河水泡《たがわすいほう》――『のらくろ』などの作者――そっくりの」

「君はまた、つまらんことを覚えているな」と、池田さんは笑ってうなずいた。

「そう、おれは漫画家になるつもりだったんだよ。でもうまく描くのがつまんなくなってね、少し下手に描こうと考えてるところさ」

この池田さんのいっていることの本意は、よくわからなかったものの、画《え》の道もまたそれなりの苦労があるようだった。池田さんの本名は、『池田三郎』だそうだが、その三郎に『仙』をつけて、『仙三郎』を筆名にしているのにも、理由があるという。

「仙人の仙だけどね、この字には、芸事に秀《ひい》でる、という意味があって、それが気に入ってつけたんだ」

そして池田さんはおもしろそうにつけくわえた。

「君も知っているだろう、漢文の先生の『エッチャン』、あの先生の受け売りだよ」

「ははあ」と、サットルは大きくうなずいた。暁をサトルと読む、と教えてくれた先生のことだ。妙な因縁《いんねん》だな、と考えながら、あの中学では先生にあだ名をつけず、姓名の一字をとって、チャン付けで呼ぶ慣《なら》わしがあったなと、懐かしく思いだしたのだった。

池田さんの実家は根岸《ねぎし》の網元《あみもと》だそうだが、いまは家を出て、一人暮らしをしているという。サットルに名刺を渡し、「たまには遊びにこい」といってくれた。

四　現場見学

いつか梅雨も終わりに近く、七月にはいっていた。体育課の新人、加藤馨は、急にひまになってしまった。刷り上がった『横浜体育』第二号は好評だった。配布は一係、二係で引き受けてくれたので、馨はなにもすることがなくなった。広報紙の第三号発行予定は当分ないという。大体年二回が目安のようだった。

貿易博覧会は終わったが、体育館改装の話がどうなったのかわからなかった。ひまな馨が三和《さんわ》建設の中野さん――別名『海軍さん』――を訪ねて聞いたところでは、すでに工事にかかり、まもなく開館するらしい。体育施設係の馨にはいっさい知らされなかった。

馨はいまも課長直属なので、本来なら課長の近く、少なくとも姿の見えるところに、席があったほうがいい。しかし室内にはもう机をいれる余地がなく、そのまま廊下の席にいた。ここは後ろを人が通るから、なんとなく落ちつかない。

「会議室で本でも読んだらどうだ」と、庶務係長がいってくれたので、馨は文庫本と適当な書類を持って、踊場《おどりば》の会議室――いまもそう呼んでいた――へ上がった。文庫本は漱石《そうせき》の『吾輩《わがはい》は猫である』だった。

「カオル」と、いきなり課長が廊下に出てきて呼んだ。いつからか馨のことを、課長はそんなふうに呼びつけに呼ぶ。べつに威張《いば》っているわけではなく、「加藤くん」では庶務係長と混同する。といって「加藤」と呼ぶのも、同じ理由ではばかる気があるらしく、結局「カオル」に落ちついたようだった。天野くんなどもまねをして、「カオルくん」という。

「はい」と答えて馨は立ちあがった。課長は手でついてこい、と合図して、さっさと階段を下りていく。馨は書類と本を持って自分の机に置き、だまってついていった。玄関口を出たところで課長がいった。

「今年の国民体育大会の夏季大会が、横浜市で開催されるのは知ってるな」

「はい、知っています」

「それで後援会を組織するために、我が体育課は大忙しだ、というのも知っているか」

外はいくらか風があり、曇り空でまだ暑いということはなかった。馨は課長の右後ろについていきながら答えた。

「はい。そのために後援会名簿案っていうのを、ガリ版《ばん》で作っているんですよね。でも、なかなか決まらないみたいですね」

「そのとおりだが、なんでわかるんだ」

「ぼくのとなりの先輩が、こぼしていたんです。せっかく一日かけて原紙を切ったのに、また直しがはいったっていっていました。一人でも入れ替えがあれば、新しく原紙を切りなおさなくちゃならないそうですね」

「そうなんだな」と、課長はめずらしく怒りもしないでいった。

「役所っていうのは、面倒なところだぞ。お前はまだのんきに、本を読んだりしていられるがな。課員は承知しているからいいが、よその課から見ればろくなことをいわれない。これからはひまがあったら、ガリ版刷りの手伝いでもしろよ」

「はい」と、馨は素直にうなずいたものの、そんなひまつぶしの仕事をするくらいなら、建設局に籍《せき》を移してください、といいかけた。しかし気難しい課長が、せっかく機嫌よく話をしてくれているのだからと、その言葉はのみこみ、とりあえずたずねてみた。

「これからどこへいくんですか」

「その夏季大会のために、この上の公園に、五十メートルの正式プールを作っている。お前も、とにかく体育施設係なんだから、一度は見ておいたほうがいいんじゃないか」

「はあ」と馨は首をひねった。建築は学んだが、振り返ってみて、プールの作り方を習った覚えはなかった。陸屋根《りくやね》といって、屋上を平らにする工法ならわかる。これは要するに雨仕舞《あめじま》いと水はけの問題だ。プールの場合はどうなのか、ちょっと知りたい気もした。

市立図書館の前を過ぎ、できたばかりの迎賓館《げいひんかん》の前を通って、かなり急な坂を上ったところの左奥に、その工事現場があった。囲いの隙間からのぞくと、蟻《あり》がたかるように人が群がり、一見混沌《こんとん》としているようだが、これはそう見えるだけだ。建築工事全般には、指揮系統が一本通っているのである。

現場監督の下には助監督、それに各種の職人、職工の頭《かしら》がついていて、工事の手順や進行を監督から指示され、その進捗《しんちょく》状況は互いに知らせ合っている。人が勝手に動いているようでも、実はほとんど無駄がない。

大方のコンクリート打ちは、すでに終わっているようで、観客席がおよその形を見せていた。一方の角を囲む部分の後ろには、足場が組んであり、観客席はもっと高く上に伸びるらしい。課長は現場事務所に顔を突っ込み、一言二言ことわりをいった。作業用ジャンパーを着た若い係員が、ヘルメットを二つ持って出てきた。課長を知っていたのだろう。

「いや、すぐ帰るから案内はいらんよ」

そういいながらヘルメットを受けとり、ひとつを馨に渡した。課長はヘルメットをかぶり、あごひもをしっかり締めた。馨もそれにならった。係が開けてくれた戸口をくぐり、二人で現場にはいったが、課長の視察は、たしかにほんのひとわたり眺めただけだった。そして馨を振り返っていった。

「よし。これで私はもどるが、お前はもう少しじっくり見学していけ。いいな。事務所の係にもそういっておく」

「はい」と馨は答えた。どうせなにもわからないだろうが、現場風景には興味があった。いま足場から下りてきたばかりの、ひとかたまりの職人のほうへいってみた。馨のヘルメットには市章がつき、『横浜市建設局』の文字がある。だれにも文句はいわれなかった。

五　鳶《とび》の小頭《こがしら》タマとの再会

「おう、加藤じゃねえか」

いきなり足元から名を呼ばれて、馨はびっくりした。黄色いヘルメットを、やや斜めにかぶっている。茶色のニッカーポッカーに地下足袋《じかたび》をはいて、長袖の白いシャツを着ていた。こんな人に知り合いがいたっけ、と馨は考えながら見返した。相手はにやにや笑っている。さっと思い出がよみがえった。

「なんだ、タマじゃねえか」と、馨も思わず同じ口調が飛びだした。小学校の同級生だった。玉野昭三《たまのしょうぞう》というが、みんなは『タマ』と呼んでいた。学校ではほとんど口をきかない子で、先生も緘黙児《かんもくじ》あつかいをしていたほどだったが、しかし緘黙児ではない。

なぜ馨がそんなことを知っているのかというと、このタマと馨は六年生のとき、同じ机に座っていて――小学校では二人掛けの机だった――、無口なタマが馨には気を許したらしく、いくらか話をするようになっていたのである。小柄で色白のおとなしい子で、低学年のころ、わんぱくどもに「女みてえなやつ」と、しばしばからかわれたという。反発するとかえってひどくからかわれたので、学校ではなにもいわなくなった。ところが馨は、五年生のとき転校してきた転校生だったので、そのころのことはなにも知らない。それがタマにとっては救いだったようで、ぽつりぽつりとではあったが、話すようになった。

勉強は嫌いだといっていたが、実は算術だけはよくできた。馨も算術は得意だったから、ひそかに二人で競争し合ったこともある。先生ももちろんそのことは知っていて、算術の時間には、ときにタマを指名して解答を述べさせたりした。それを聞くたびに、級友たちは意表をつかれるとみえて、「おおっ」というような声が上がった。

そのタマは、六年で小学校を卒業すると、高等科にも進まず、家業の修業をはじめた。父親は鳶職《とびしょく》の頭《かしら》、長兄は同じく小頭《こがしら》を勤め、次兄もすでに鳶職についていた。タマもその伝統的な業界にはいったのである。そのことをタマは馨にだけ打ち明けていた。

馨はその後のタマと、一度だけだが会っている。家の排水溝を改修したとき、次兄と二人で土管を運んできた。まだ戦時中で馨は中学生だった。このとき馨はタマから、ごく真面目に「若旦那《わかだんな》」と呼ばれて面食《めんく》らった。そういう呼び方をするように、厳しく躾《しつけ》られているようだった。しかしそのあとは以前のタマにもどった。

「現場がおめえんとこだって聞いたからよ、兄貴にいってくっついてきたんだ、ここの仕事は一人人工《ひとりにんく》だから、おれはおまけだ」

『人工』とは仕事量のことで、『一人人工』といえば一人でできる仕事、ということになる。いまの馨にはわかるが、そのときはわからずに聞き返した覚えがあった。タマはおもしろそうに意味を教え、しばらくおしゃべりしていったのだったが……。

それっきり二人は会っていない。そのタマが、いまは立派な鳶職になっていた。できかけのプールのふちにひょいと腰をかけ、シャツの袖口をめくって腕時計を見ると、仲間と思われる職人たちに声をかけた。

「おい、二十分ばかり休憩だ。だれか事務所にいって、正面観客席の足場掛けはすみました、って知らせてこい。それから、モク――煙草《たばこ》のこと――はあっちの決まった場所へいけ。現場じゃだめだ」

タマは一気にそういって、馨に笑顔を見せた。馨もタマと並んで腰を下ろした。服が汚れることなど、どうでもよかった。そんな馨のヘルメットを見たタマが、「加藤よ、おめえ、市役所か」と聞いた。

「市役所は市役所だけどよ、工事とは関係ないんだ」といいながら馨は、胸ポケットの名刺入れを引っぱりだして一枚渡した。タマはじっくり見つめて、体育施設係か、とつぶやいた。そしてシャツのポケットに、丁寧にいれた。

「タマももうすっかり一人前の鳶だな」と馨がいうと、「まあな」と答えて、ぼそっとつけくわえた。「これでもいまは小頭だからよ、責任が重いのさ」

「お前、ほんとによくがんばったな」と、馨は心からいった。大いに祝福したい気持ちだった。あの口をきかないおとなしい子だったタマが、立派に小頭を務めている。その姿を目の当《ま》たり《あ》にして、正直嬉しかったのだ。

そのあと、工事の状況を聞いてみた。こんな調子でプールは、大会までに無事できあがるのか、とたずねたのである。すると、あっさり答えてくれた。

「もう八分方《はちぶがた》はできているんじゃねえかな、飛び込み台もできてるし、あとは仕上げのコンクリート打ちと、そのあとのタイル張り、それと仮設観客席の大工仕事だけだから、まああと一月もすりゃあ、ここに水をいれられるだろ」

「その水のことだが、漏水《ろうすい》を防ぐために、アスファルトを使うのかな。陸屋根みたいに」

「おれは鳶だからよ、くわしいことは知らねえが、そのアスファルトを使うようだな」

いいながら観客席の足場を指さした。

「あの上に仮設の座席ができるんだ。仮設部分を支える鉄骨も、もう後ろに組んであるし、見えないところはほとんどすんでるよ。観客席は見ものだぜ、五十段くらいになるんだからな。てっぺんからあたりを眺めると、こいつはすごい景色だ」

鳶職らしい感想だった。そのあと昔の思い出話をしているうちに、短い休憩時間は終わってしまった。二人はあっさり別れ、馨は事務所にヘルメットを返した。思いがけず幼馴染《おさななじみ》の友に会って心が弾んでいた。まもなく暑い夏がやってくる、鳶職の仕事は夏も冬もたいへんだろうと思った。

タマはその道でしっかり自分の人生を築いている。たいしたもんだと馨は感じいっていたのである。そしてタマに聞いた工事の見通しなどを、課長に報告しようかどうしようか、考えながらもどってきたのだったが、課長は席にいなかった。

馨は課長にいわれたとおり、ガリ版刷り——正式には謄写版印刷《とうしゃばんいんさつ》——の仕事を手伝おうと、天野くんのところへいった。ガリ版は主にこの人が引き受け、手の空いている者がその助手をしていた。馨は助手でなく、天野くんのお株《かぶ》をうばってやろうか、などと考えていた。

第四章

一　童話作家の卵

童話作家の卵、佐藤暁《さとる》としては、なんとかあの平塚武二《ひらつかたけじ》さんに、文章を教わりたいものだと願いながら、持っていく作品を書く余裕がなかった。宮仕《みやづか》えという新しい環境になじむまでは、創作に気をまわす余裕がなかったのである。

しかし平塚さんもいっていたが、ただ話を聞きにいっても、文章がうまくなるとは思えなかった。あの日のいぬいさんのように、なにか書いて持っていかなければ、平塚さんとしても困るにちがいない。手ぶらでいったりしたら、どうぞお帰りください、などと追い返されるかもしれなかった。

まだ黄昏《たそがれ》の薄明かりが残る夕方、駅からの帰り道を歩きながら、そんなことをぼんやり考えていた。いわば加藤馨《かおる》から佐藤暁へと、気分を入れ替えていたところ、といってもいい。そしてふと思いついたことがあった。その年の春、ペンネームの漢字を平仮名に開いた、『さとう・さとる』名義で書いた童話が、日本童話会機関誌『童話』に久しぶりで載った。

『ふしぎな塔《とう》のものがたり』という奇妙な話で、会心作というのではなかったが、我ながら変わった話だとは承知していた。こういう作品でも、磨けばより良くなるものなのかどうか、平塚さんにたずねてみるのはどうだろう。それなら新しい作品を、わざわざ書き下ろすまでもない。

実をいうと、この作品を投稿したのは、前年秋の初めごろだった。まだ専門学校の三年生だったが、三年生には夏休みがなく、学校が契約した十社ほどの建設会社へ、数人ずつ実習生として派遣され、ひと夏を汗を流して過ごした。その実習は八月いっぱいで終わり、思いがけずかなりの額の給料をもらって、驚いた覚えがある。

なお、学校の夏休みは九月十四日まであり、その解放された時期に、一気に書き上げたのがこの作品だった。それが半年以上も遅れて掲載されたのには、妙な因縁がからんだためだった。

サットルの原稿が、後藤会長の事務所に届いたとき、たまたま来合わせていた、児童雑誌編集者の目に止まったという。いつからかこの事務所には、なにかおもしろい作品はきていませんかと、市販の児童雑誌編集者たちが、入れ替わりにやってきては、会員の投稿作を吟味していたらしい。

後藤会長も会員のためになると考え、隠しだてはいっさいせずに、これはと思う作品を推薦することにしていた。ところが、サットルの作品を見せたときは、一社だけでなくもう一社の編集者がきていた。

一社だけだったら、めでたしめでたしとなるところを、二社の編集者の間でとりあいになったという。後藤会長も困ったらしいが、なんとか話をつけ、某社の雑誌の十一月号に載ることになって、まもなくその知らせが、会長から佐藤暁ことサットルに届いた。

もちろんサットルは大いに喜び、その雑誌の十一月号が出るのを楽しみにしていた。学校の行き帰りに本屋をのぞき、十月号をみつけたときは、いよいよこの次だな、と胸を躍《おど》らせていたのだったが、十一月号はいつまでたっても、本屋には現れなかった。

やがて後藤会長の、くわしい事情を述べた手紙がきた。この雑誌が十月号かぎりで廃刊《はいかん》になったこと、十一月号はゲラ刷《ず》りまで進みながら、中止になったなどとあり、後藤会長は大いに気の毒がって、遅まきながら、『童話』に載せよう、といってくれていた。

そんなややこしい履歴のある作品だが、それだけに作者としては思い入れもあった。たとえ平塚さんがこの作品を、すでに『童話』誌上で読んでいたとしても——多分読んでいないとは思うが——、これをテキストにして、縦横に手を入れてくださいと頼んだらどうだろうか。

そのためには、やはり新しく原稿用紙に清書しなくてはなるまい、と考えながら、待てよ、とサットルは首をかしげた。長崎源《ながさきげん》ちゃんとちがって、新しい原稿用紙など手許《てもと》にはない。この年のサットルは、まだ貧乏暮らしを続けていたのである。

母の華道教授は、いくらにもならない。この戦後の立ち直っていない社会に、オハナを習おうという人はほとんどいない。それでも母は、比較的余裕のある農家の女子青年会に頼まれて、わずかな礼金で毎週一度の華道教室を開いていた。姉は知人が開いた保育園に、バスで通っていた。近くにはまだそういう施設がなかった。

サットルは小遣いもろくにない。給料はすべて家計にいれる。原稿用紙代の工面からはじめたのだったが、とにかくこうして、サットルが清書した作品を、そのまま以下にしめす。

二　清書しなおした旧作

ふしぎな塔のものがたり

さとう・さとる

はなしをする前に、ひとことことわっておくが、ここにでてくる「わたし」というのは、つまり建築家のサットル氏であって、そのサットル氏はほかならぬこの「さとう・さとる」自身であるということである。まずそれがハッキリしたら、さっそく話を始めることにする。

Ⅰ　塔について

とある野原のむこうに森があった。

その森の中にはひとつの塔があって、天をめがけてそそり立っていた。野原のどこにいてもそのトンガリぼうしのような塔は見えるのであるが、この近所の人はだれひとりとしてその塔のそばへ行ったことがない。みんなへんてこな音のする『ふしぎな塔』だといって、おそれているのである。

ところで、ある日『ふしぎな塔』に行ったという旅人が野原を通ってやってきた。もちろんわたしがつかまえたことはいうまでもない。

「なにしろわしはなんにも知らなかったから、よくは見なかったがね。なんでも塔はスリガラスのようなレンガで作られていたようだった」

旅人はめいわくそうなかおをしながらも、わたしに答えてくれた。

「窓は？」

「たしかあれが窓だと思うが、ちいさいのがいくつもあったようだ」

「入口は？」

「森にさえぎられて見えなかったね」

「フーン、そのほかには？」

「うん、ねじのようなラセン階段がそとがわをまいていた」

「中にはだれか人でも住んでいたかね？」

旅人はそこで、ひざをうっていった。

「いるとも。かならずいるさ。だって、歌がきこえたもの」

「その歌の意味は？」

「いやアー、それは……なにしろ遠くだからハッキリきこえないのさ」

さきをいそぐらしい旅人は、それだけいうとさっさと行ってしまった。

前にもこの近所の村人が、塔からきこえる変な歌のことはいっていたそうだ。しかし、その歌声が、みょうにきみわるく人の心をさすので、これまで人々は近よらなかった、というのである。

とにかく、わたしはぜひ行かねばならぬと思った。前にもことわったとおり、わたしは建築家のサットル氏である。そんなふしぎな塔は一度研究してみたいというのが、前からののぞみなのである。

その歌をうたう人についても、なにかおもしろいことがありそうなので、よけいわたしの研究心をそそるのだった。

Ⅱ　塔につくまで

そこでわたしはボロダットサン『ブロークンダック』号に、いろいろなものをつみこんで出発したのである。

はてしもなくひろがる野原を、ただまっすぐに森の入口まで走ってきた。その塔はかなり前から見えていたが、森の近くでは針のような細いテッペンしか見えない。

ひとまず止まって車をおり、森の中のせまいみちをしらべようとしたときに、へんてこなことをみつけてしまった。

こともあろうに『ブロークンダック』号の後ろの車輪がひとつなくなっているのである。あわてたわたしは、いまやってきた野原をわれをわすれて見やった。

するとなんとまのいいことには、わたしがすごいスピードで『ダック』をとばしてきたためか、はずれたタイヤが、いきおいよくこっちをめがけてころがってくるではないか。たしかになくなった車輪である。

たいして深くもない草むらに見えかくれするたびに、わたしはひやひやしながら目をうばわれてしまった。タイヤはやっとのことで『ダック』のそばにやってきて、心棒《しんぼう》にガチャンとはまってしまった。

……やれやれ、これで安心だ。わたしがまっすぐに走ってきたから、タイヤもまがらずについてきたんだ……。

わたしはすくなからず運転のうまいのに鼻を高くしてしまった。しかしそこではっとした。タイヤを止めつけるにはボルトがいるはずだ。

いったいどうなっているんだ、とのぞきこんでみると、ちゃんとボルトがしまっているではないか。

するとどこかでクスクス笑う声がした。たったひとりでここまできたのに、さてはあいつがついてきたんだな、とわたしはさとった。こんな手品のようなことのできるヤツは、あいつしかいない。

どうやらタイヤがはずれたと思ったのも、いまチコクしてきて、きちんともとにもどったように見えたのも、みんなあいつのしわざにちがいない。あいつのいたずらだろう。

そう思ってあたりを見まわすと、いたいいた。ひとりの、いや一ぴきかもしれぬが、妖精らしきものが、みちばたのアザミの葉の上にひかえていた。

「やあ、クリ・クルウ、ひさしぶりだな」

このクリ・クルウという妖精とわたしは、ふるいつきあいだ。ほかの名を『いたずらっこの妖精』とも呼ばれ、いたずら好きで、てのひらにのるほどのちびだが、かわいい男の子のすがたをしているのである。

「サットルさん、いま自分のウンテンがうまいから、ここまでまっすぐ走ってきた、って思ったろ」

「ああ、たしかに」

「ところが『ダック』はもう二百九十七分の一もまがってるよ」

いたずらそうな目つきでそういってから、きいてきた。

「あの塔にいくのかい」

「そのつもりさ。中を見たいと思ってね」

「中にはいるって！」

とんでもない、というようにクリ・クルウはいうのである。

「できないのかね？」

「できるもんかね、ただ、もしはいれるとしたら、あの塔のテッペンにある天窓《てんまど》からだけだ」

わたしは首をかしげてきいた。

「クリ・クルウ、そんなことといったって、あの塔には天窓なんかなさそうじゃないか」

じっさい、トンガリぼうしの針のようなテッペンに、天窓のあろうはずがない。そう思って森からつきでている塔をふりあおぐと、ちょうど日光をはじいて、七色に輝いた。森の緑としっくりとけあって、すばらしい一枚の絵だった。

「あるよ。たしかに天窓はあるんだ。けれどもそこまでサットルさんは、行けないかもしれないんだ。もしサットルさんが、塔のラセン階段をのぼって行くとしたら、そのときに『言葉には正反対の二つの意味がある』っていうことを、思いだしてごらん」

「なに？　もういちどいってくれないか」

「よくきいておくれよ。『言葉には正反対の二つの意味がある』っていうのさ。これがあの塔の正式の名前なんだ」

そしてつけくわえた。

「もうひとついっておくけど、あの階段をのぼるときは、すくなくとも一週間ぶんの食べものをもっていくといいよ」

クリ・クルウはそういって、「さよなら」とどこかへ消えてなくなった。

そこでわたしはすぐさま『ブロークンダック』号にのりこみ、スターターをまわしたのである。

Ⅲ　塔にきて子供たちとあうこと

森のでこぼこみちをしばらく行くと、歌がきこえてきた。わたしは『ダック』のスピードをゆるめて、よくきこえるところまできて静かに車を止めた。

きいてみると、その歌はみんながいうように、おそろしいものでも、ふしぎな歌でもないと思われた。

カラスとトンビがけんかして
トンビがカラスにこういった
「どうだいおまえにできまいが
はばたきせずにとべるかね」
カラスがトンビにこういった
「なんのおまえはしるまいが
はばたきするのはいいことさ」

カラスとトンビがけんかして
トンビがカラスにこういった
「どうだいおまえにできまいが
空にワッカがかけるかね」

カラスがトンビにこういった
「なんのおまえはしるまいが
かけたところでなんになる」

こんなぐあいに、「トンビがカラスに、カラスがトンビに」とつづいて、それが何度か、くりかえされるのである。終わりにはわらい声さえきこえてきた。わたしはすっかり安心して、『ダック』を塔の下までよせた。

もはや日は森のむこうにおちこんで、夕焼けの赤い光が、雲をそめているだけだった。夜の世界にとけこんでいく塔は、たしかにふしぎなのである。あかりは見えず、入口などさらにない。なにか半透明の樹脂《じゅし》でできたようなレンガが、夕もやにつつまれている。

とにかく夕ぐれではあるが、クリ・クルウのいったように、一週間ぶんの食料をリュックにつめて、そとがわのラセン階段をのぼりはじめた。この階段には、あぶなっかしい手すりがあったが、こわれそうでつかまる気はしなかった。

さいわい丸い月がのぼった。月の光は塔に反射して、足もとを明るくてらした。

むちゅうになってトントンのぼっていったのだったが、五、六回、塔をまわったころ、ふと、子供たちの声でわれにかえった。

……どこにいるんだろう?……

わたしが立ちどまって、ようすをうかがっていると、あっちこっちの窓がパッタン、パッタンとひらいて、いっせいに子供たちがとびだしてきた。みるみるうちに、わたしを中心にしてラセン階段の上下に、ずらりとならんでしまった。

わたしにいちばん近いところにいた子供が、ピーッと指笛をふくと、またひとしきり子供たちがピョイ、ピョイと、やってきたのである。

「こんばんは」

だれかがいうと、こんどはいっせいにさけんだ。

「こんばんは、おじさん!」

わたしはあいた窓から中をのぞこうとしたのだが、子供たちが話しかけてきて、そのひまがなかった。

「おじさんは、どこからきたんだい」

「ずーっと遠くからさ」

「なにしに？」

「きみたちの塔をしらべにきたんだ」

「へーえ」

そして子供たちは、みんながかってなことを、がやがやとたずねはじめた。わたしはどの子に答えようかと、すこしめんくらって、まわりにいる子供たちを見ていた。

そのうちに、指笛をふいた子がわたしの背中のリュックをみつけて、さかんにひっぱっているのに気づいた。

「おじさん、これなにがはいってるの？」

「いいものだ」

もともと子供ずきのわたしは、さっそくリュックをおろし、口をおしひらいて、カンパンのつつみをとりだした。

「みんなにいいものをあげよう」

わたしがいうと、子供たちの目がわたしの手もとにそそがれた。バリッと紙をやぶく。

「しょくん、なかよしになるしるしだ。ミルクも卵もはいっているカンパンだよ」

子供たちは「わーっ」と声をあげた。ところがカンパンのつつみが、ひとつやふたつではたりない。みんなの手をリレーして、ぜんぶの手にゆきわたったときには、リュックにつめてきた一週間ぶんのカンパンは、すっかりなくなってしまった。

もうリュックはからっぽで、あとは両わきのポケットにいれた、予備の水《すい》とうが二つあるだけだ。まあ水さえあればよかろうと、わたしは思った。そのとき指笛の子がいった。

「おじさんは、なんでこんなにたくさんカンパンをもっているんだい」

「それは、つまり、クリ・クルウっていう妖精にいわれたからだよ」

「クリ・クルウだって！」

「そうだよ。きみたちも知っているの？」

「知ってるとも！」

みんなが声をそろえて答えた。同時に拍手が起こった。

「ねえ、クリ・クルウの話をしてよ」

「いいよ、そのかわり、きみたちがどこからきて、どうしてここに住んでいるのか、教えてくれないか」

　すると、子供たちは、ふいにだまりこみ、指笛の子がわたしの耳に、ひとつの秘密をささやいてくれた。住んでいるのではなく、旅の途中なのだという。どこからきてどこへいくのか、わたしは知りたかったのだが、あとはなにも教えてくれなかった。

　とにかく、わたしはクリ・クルウの話をせがまれて、一晩中《ひとばんじゅう》上にのぼることができなかったのである。

Ⅳ　コンペイト事件

森をかけまわる朝風にほおを打たれて、わたしは目がさめた。

はらぺこだったが、カンパンは昨晩子供たちにみんなやってしまった。しかしシャツのポケットをさぐると、なぜか一個だけカンパンがあった。それをゆっくりたべ、かたにかけてきたまほうビンの、あついコーヒーをのんだら、どうにか元気がでてきた。

あたりは死んだように静かである。子供たちはまだねているのであろうか。それにしても、わたしばかり話をして、子供たちから塔の話をきかないでしまったことは、かえすがえすもざんねんなことだった。

とにかく、テッペンまで行けば、中は見られるらしいから、いそいでいこうと思い、またのぼりだしたのである。

かれこれ三時間ものぼったであろうか。ところがいくらあるいても、塔のまわりが細くならないのである。そこで上を見た。いっこうにのぼったように思えない。雲ひとつない空につきでた塔は、わたしにのしかかってくるように、あいかわらず高いのである。

……わたしは、同じところをぐるぐるまわっているのではなかろうか……。

そんなようにも思えて下を見ると、どうしてどうして、かなり高くなっている。ともかく一休みすることにして、階段にこしをおろし、塔のかべによりかかった。するとかからのリュックなのに、なにかかたいものがある。

背中からおろしてみると、前には気づかなかったのだが、リュックの真ん中のポケットが、へんにふくらんでいるように見える。ここにはタオルをいれたはずだが、と思いながらふたをあけてみると、なんとリンゴ大のコンペイトが、ころんとひとつでてきた。

手にもってながめているうちに、わたしは『K・K』というローマ字が、打ちこまれているのを見出した。この『K・K』には見おぼえがある。

それはクリ・クルウが、いつももっているコンペイトにつけたサインだ。しかしそのコンペイトは、ゴマつぶくらいのちいさいものだから、サインを読みとるには、天眼鏡《てんがんきょう》をつかわねばならなかった。

クリ・クルウはそのコンペイトを、ゴムぱちんこのタマにするのであるが、こんな大きなのははじめて見た。

そのときわたしは、こう考えた。

……クリ・クルウは、この塔にのぼるわたしが、もし一週間ぶんの食料をもって行かないといけないので、特別大きなコンペイトを、だまっていれてくれたのだろう……。

そこでわたしは、コンペイトのツノを一ぽんおって口へいれ、あとはからのリュックにぽいっとほうりこんで、のぼりはじめた。

ところがそれから、ますますへんなことがおこった。

第一に、口にいれたコンペイトのツノは、いくらしゃぶってもちいさくならない。

第二に、リュックがだんだん重くなって、かたにめりこんでくる。

第三に、塔の太さはあいかわらず同じで、ちっとも細くならない。

第四に、いくらわたしがのぼっても、いっこうにテッペンには、つくことができないのである。

「やれやれ、つかれた」

わたしはためいきとともに、こうつぶやいて、そろそろ低くなった太陽をながめながら、リュックをおろしてびっくりした。だいぶ前からせなかのリュックが重いとは思っていたが、自分がつかれたためかと思っていた。ところがリュックは大きくふくらんで、キンキンになっているではないか!

あのリンゴ大のコンペイトが、ストーブほどになっていた。わたしはコンペイトのおばけを、むりにひきだそうとしたができなかった。むちゃなことをすれば、リュックがやぶれてしまうにちがいない。

わたしは階段にすわりこんでしまった。

……そういえば、クリ・クルウがいっていたな。えーとなんだっけ、たしか『言葉には正反対の二つの意味がある』だっけ。よし、こいつをよく考えてみようではないか……。

まず、コンペイトが大きくなったのではない、とすれば、『正反対の意味』っていっていたから、コンペイトは、反対にちいさくなったのか。

いや、あきらかにちいさくはなっていない。とすると、『大きくならなかった』という意味なのか。

そうだとすると、このリュックのほうが、ちいさくなったことになるではないか。そう考えたとき、わたしは思わずぎょっとした。リュックだけではすまない話である。わたし自身、つまり建築家のサットル氏も、ちいさくなっているのか？

……きっとそうだ！……

塔をひとまわりするごとに、ちいさくなったのだ。塔の太さが細くなると同じ割合でちいさくなってきた。いまのわたしは、たぶんアリンコほどだろうか。

だからいくらのぼっても、塔は同じに見えたのだ。全部が同時にかわっていくと、なにもかわらないと同じになる。

そこに、このクリ・クルウのコンペイトのような、真実かわらないものがあると、反対にそれだけが、かわっていくように見える。

いくらのぼっても、けっしてテッペンにはつけないであろう。テッペンはあるのだろうが、わたしはそこへたどりつけない。ちいさくなって、ちいさくなって、かぎりなくちいさくなるだけだ。

わたしは、なんとこうしてこのふしぎな塔のナゾを、あっさりとときあかしてしまったのである。もちろんいたずらっこの妖精、クリ・クルウの助けがあったからこそ、ではあるが。

そしてこのナゾが、おそらく子供たちの『旅』とも、なにかかかわりがあるのだろうと思いながら、わたしは重いリュックをかかえて、階段をおりていった。もちろんおりるのは、のぼるよりずっとらくである。

ストーブほどのコンペイトは、まもなくスイカほどになり、メロンからリンゴほどになったとき、わたしは手にもっていった。ぶじ地上についたときは、もとのゴマつぶのコンペイトにもどった。
　塔はシーンとしていた。なぜか前日よりずっとすきとおっていて、塔のむこうの森がぼんやり見えた。もしかすると、建築家のサットル氏であるわたしが、この塔のナゾをといてしまったので、消えていくのかもしれない。すがたを見せていても、もうつまらないと、塔は思ったのだろうか。

（おわり）

（この習作は、改作して『宇宙からきたかんづめ』（ゴブリン書房）に組みこんである）

三　平塚さんの教え

もとのまま忠実に引き写すつもりだったのだが、書き直すたびに、どうしてもいくらか手がはいる。このときもそうだった。そして一度手を入れはじめると、きりがなくなってくる。しまいには迷いながらも手を入れた。とくに後半の部分では大幅に修正した。もとの作では塔に住む子供たちと再会するのだが、思いきって削ってしまった。

ここは自分でも気に入っていたのだが、そういうところは、思いきって捨てなさい、といった平塚さんの言葉を思いだしたためだ。ほかにも気に入らないと思いながら、どう直していいかわからず、そのままにしたところがかなりある。そういうところを平塚さんにたずねてみたかった。

そして八月初めの暑い日、その原稿を抱えて平塚さんを訪ねた。庭の百日紅《さるすべり》に赤い花がちらほら咲いていた。不在でもいいとは思っていたが、できれば手渡ししたかった。郵送する気はもとからない。送りつけたりしたら失礼になるだろうと考えていた。ありがたいことに平塚さんは在宅だった。

縁側に籐椅子《とういす》を置き、小テーブルを前に、浴衣《ゆかた》のような単《ひとえ》ものの着物をきちんと着て、新聞を読んでいた。サットルが木戸を開けて庭にはいっていくと、新聞から目を離し、にやりと笑った。サットルはあの軍隊式の礼をしていった。

「こんにちは。ご無沙汰しました」

「おお」と平塚さんは答え、奥に向かってなにかいうとサットルに向いた。

「ここから上がりなさい。いまもうひとつ椅子がくる」

奥さんが軽々と籐椅子をかかえてくると、サットルにいった。

「いらっしゃい。ちょうどよかったのよ。さっきまで芳隆《よしたか》と海へいっていたんだから。さ、ここにおかけなさい」

それから人さし指を口の前に立てた。

「芳隆がお昼寝中だから、お静かにね」といったが、前と同じように飾り気がなく、声をひそめたようでもなかった。サットルは縁側に上がり、平塚さんと向きあって椅子に腰を下ろした。意外と涼しい風がはいってきた。ここから海までは歩いて五分くらいだろうか、海風がとどくようだった。

「はい」と、平塚さんは右手を出し、「持ってきたんでしょう。原稿を」といった。サットルは大切に抱えてきたクラフト紙の大きな封筒から、『ふしぎな塔のものがたり』の原稿を引きだして、平塚さんに渡した。それだけで胸がどきどきした。

平塚さんはつっと立って、座敷の座卓から、赤鉛筆を一本とってくると、サットルの原稿を広げた。自分の原稿を目の前で読まれるというのは、なんとも身の置きどころがないような思いをする。

さすがのサットルも視線を泳がせて、あたりを見まわした。庭はあいかわらずむきだしの土の庭だが、咲きはじめた百日紅の花が目にしみた。これから百日も咲きつづけるのかな、などとぼんやり考えた。座敷の座卓には、書き仕事が広げられていた。夏は玄関の二畳間でなく、ここが仕事場になるようだった。そこへ奥さんが冷たい麦茶を持ってきてくれた。サットルはだまって頭をさげた。

平塚さんはサットルの原稿を、赤鉛筆の先で突っつくようにチェックしながら、ゆっくりと読んでいった。ずいぶん長い時間だったような気がしたが、二十枚ほどの作品だから、そんなに時間がかかったわけではない。まもなく平塚さんは、「ほれ」といって原稿をサットルに返した。そして、実に思いがけないことを一言いった。

「おもしろいね」

「はあ」と、サットルは間の抜けた返事をした。一瞬閃光《せんこう》が走ったようだった。

「おもしろいが、ふたつばかり意見がある。そのひとつ、この話で子供の出ない形を考えてみてもいい。それからもうひとつ、サットルは会話文が下手だ。これからの課題だね」

「あのう、それにはどんな修業をしたらいいいんでしょうか」

サットルは必死の思いでたずねた。すると平塚さんがいった。

「戯曲《ぎきょく》を読みなさい」

「はあ」と答えたのだったが、その後サットルはなにも読まなかった。戯曲の本など手にはいらなかったからだ。

第五章

一　ガリ版《ばん》刷《ず》りの名手

加藤馨《かおる》は、たちまち天野《あまの》くんに負けない、謄写版《とうしゃばん》つまりガリ版刷りの名手になった。馨の提案で、印刷所をせまい課内から踊場《おどりば》会議室に移し、他人の迷惑にならないようにしたこと、それと、廊下の席のおとなりさん——この先輩はガリ版の専門家——も、気軽に手伝ってくれるようになったのがよかった。

とくにこの人から教えられたのは、インクの量とその練り方、塗りつけ方だった。これは多すぎても少なすぎても、きれいに刷り上がらない。それだけでなく肝心の原紙を傷めてしまう。一般にガリ版は百枚が目安だが、上手に刷ればらくに百五十枚はいく。

あらためて説明するが、この原紙というのは罫線入りの蝋《ろう》引《び》き和紙で、薄いが丈夫なものである。この蝋紙を細かい鑢《やすり》の上に置き、鉄筆《てっぴつ》で文字などを書く。その書かれた部分だけ蝋は削《けず》りとられる。

その原紙を絹の網スクリーンの裏に張り、スクリーン枠を印刷用紙の上に下ろす。用紙は挟みこむように置かれ適宜《てきぎ》補給する。実際には原紙を張ったスクリーン枠全体が、蝶番《ちょうつがい》で上に開く構造になっていて、この枠で用紙を押さえつける。インクは専用の練り板で練り、スクリーン枠を下ろして、ローラーで塗りつける。そのローラーを枠内で前後させて印刷する。

インクはスクリーンを通し、原紙の蝋の削られた部分からだけ染みでて、用紙に移される。つまり印刷されるのである。一枚印刷するごとに、スクリーン枠を上げ、助手が印刷済みの紙をとりだす。これをリズムよく続けないと、能率が落ちる。主役と助手の息が合わないと、疲れるばかりになってしまう。

そのほか謄写版印刷には、細かい工夫がいろいろとほどこされていた。たとえば印刷用紙が、左右前後にずれないような仕掛けなどだが、この簡易印刷機が普及していくうちに、だれかが考えついたものだろう。詳細は煩雑《はんざつ》なので省く。

こうして、せっかく馨は謄写版刷りに習熟したものの、八月が終わろうとするころには、この仕事も少なくなった。課長がいっていた水泳大会の後援会も固まり、名簿案作りも不要になった。印刷仕事がないわけではなく、市内の各体育協会の下請《したう》けのような、細かい仕事がときどき舞いこむ程度だった。

九月にはいると、思いがけないことに体育課は移転した。元小学校の庁舎を出て、野毛《のげ》坂《ざか》をやや下った左側——下からくれば当然右側だが——の空地《あきち》に、バラック建てのような分室ができ、そこに移ったのである。戦前は陸軍の聯隊区《れんたいく》司令部のあったあたりだ。

かなり広い倉庫のような分室を、体育課だけで占領した。新しい板張りの床を保護するためか、靴脱ぎの土間があり、学校のような下足棚があった。多分庶務係長の配慮だと思われるが、スリッパが用意されていた。中には支給品を嫌い、自前の上履きを使う者もいた。そうでない者も、自分の選んだスリッパに名前を書き専用にした。

野毛のプールは立派にできあがって、水泳大会は賑々《にぎにぎ》しくおこなわれた。鳶《とび》の小頭《こがしら》、タマが自慢していた観客席は、たしかにそそり立つ急坂のような、見事なものだった。とはいえ馨は、その姿を新聞の写真で見ただけだ。じっとしているだけでも腹が減るのに、残暑の中わざわざ丘を上ってまで、見に行く気にはならなかった。

こうしてこの秋口の馨は、再びまったくの暇人《ひまじん》になってしまった。といっても遊んでいるわけにはいかない。庶務係長の加藤さんが、適当に仕事をまわしてくれた。馨は天野くんのとなりに机を並べ、一見庶務係員のようだった。課長はなにもいわなかった。この秋にはもうひとつ、課長にとって重要な事業がひかえていたのである。

反町《たんまち》にできた新装の体育館で、全日本体操競技大会が開催されることになり、課長はまた大いに忙しがって出歩いた。ときには第二係長――体操競技はここが担当――がお供をする。またここの係員も、なにかと忙しそうだった。

この大会用のポスターを作る仕事が、馨にまわってきた。といっても、印刷所から届く試し刷りや色別の校正刷《こうせいず》りなどの、受け渡しをするだけだ。同じ図柄で寸法のちがうもの――市電の中吊《なかづ》り用など――ができるそうで、それなりに面倒ではあったが、留守がちの課長にかわり、課長直属の馨が窓口になった、というにすぎない。

その仕事も終わるころになって、役所にはよくあることだが、細かい修正がはいり、それを指定した校正刷りを、印刷工場まで馨が届けにいくことになった。電話では誤解があるといけないという。向こうの担当者を呼んだらいいと思うのだが、その日はすでにきて帰った後だった。

印刷工場は根岸《ねぎし》競馬場跡の建物にあった。戦中は軍需《ぐんじゅ》工場に使われたそうだが、そこを印刷工場にしていた。ところがここは交通の便が悪く、バスがあるとしてもあてにならない。山元町《やまもとちょう》まで市電でいき、あとは歩いたほうが早いだろう。かなりの距離にはなるが。

世はまだ飢餓《きが》状態が続いていて、食事らしい食事は、馨もここ数年摂《と》っていなかった。

遠歩《とおある》きは体にこたえる。もちろん馨は、そんな愚痴《ぐち》など一言もこぼさなかった。

二　靴がこわれる

以前馨は高校生の弟と二人で、『飢《う》え』について分析したことがあった。

そのときの結論は、『飢え』に段階があり、第一段階ではまず身体が飢えを訴える。この段階だととりあえず腹を満たしてやれば、一応飢えはおさまる。しかし、それが充分にできないまま、飢えが続くと第二段階にはいり、精神まで飢えてくる。そうなると一時的に腹を満たしても充足しない、というものだ。

「メシを食った後、いちばん腹が減るな」と、いみじくも弟がいったが、精神的に飢えてくると、たしかにそんな実感があった。馨の家族だけの話ではない。一般庶民の大部分が似たような状況にあった。多かれ少なかれ闇商売に頼って、食料を補給しているのだ。

しかし、馨のような貧乏人のできることは、タカが知れている。まともな米の飯など夢のまた夢だ。『代用食』といわれる、雑多な食いものでしのいでいるのである。そんな状況下にいる馨だったが、内心はともかくとして、見た目には明るく印刷工場に出かけた。

無事に仕事をすませたときは、すでに退庁時を過ぎていたので、電話で直接帰宅することを伝え、ほっとして帰る途上、靴がこわれはじめた。『こわれる』としかいいようがないのだが、大事に履いてきた古靴の右の爪先が、とうとう口を開けた。なんどか修理を重ねてきたボロ靴に、限界がきたようだった。

なんとかして家に着くまでは、持ちこたえてもらいたかった。日《ひ》の出町《でちょう》で市電を降り、湘南《しょうなん》電車で横浜駅へでた。そのほうが歩く距離が少ない。横須賀《よこすか》線に乗り換えるころから かなりあやしくなって、戸塚《とつか》駅から歩きはじめたころは、なにか縛りつける紐《ひも》のたぐいを探したのだが、見つからなかった。

馨は見苦しくない程度に、片足を引きずって歩いた。そして、ようやく家が見えてきたころには、完全に右の靴は、鰐《わに》のようにぱっくり大きな口を開けていた。馨は足からボロ靴を引き抜き靴下も脱いだ。

靴下といってもこれは貴重品である。『軍足《ぐんそく》』といって、踵《かかと》の部分は初めから作られていない。洗濯するたびに踵の当たるところを変えて履ける。もとは兵隊用のものだが、木綿《もめん》製だから粗末にはできなかった。馨は片足がはだしのまま家の庭にはいった。そして、道でこんな姿にならなくてよかったと、心から思ったのだった。

次の日から履いていく履物《はきもの》を探さなくてはならなかった。予備の靴などないのはわかっていた。玄関脇の戸棚を引《ひ》っ掻《か》きまわした。ここには頑丈な木箱があり、大工道具や工具などをおさめてある。その木箱の後ろに心覚えのある古靴があった。

米兵の編上げ靴だが、米軍兵舎でアルバイトをしていた友人が、何年か前にゆずってくれたものだ。ただしこの靴は二十八センチ以上もあるもので、日本風にいうと十二文《もん》はあろうか、という大きな靴だった。馨は長身ではあったが、大足というわけではない。むしろ小足のほうである。

十文《もん》七分《ぶ》――二十五センチ五ミリほど――が最適だったが、この寸法の靴は注文品でなければ手にはいらない。それで十一文――二十六センチ――のものを、ずっと愛用してきた。これわれた靴も十一文である。

友人にゆずられた靴は、いくらなんでも大きすぎたが、当時はほかになかったから、爪先に新聞紙を詰めこんで履いた。しかし、歩くだけで疲れるのに辟易《へきえき》して、ここに放りこんだのだった。そのまま何年も経っているから、まるで鉄で作ったかのように、がちがちだった。これはもう履物とはいえない。捨てるほかはないだろう。

ほかにあてはなかった。馨の懐具合《ふところぐあい》では、おいそれと新品を買うわけにはいかない。革靴などはとんでもない話だった。運動靴は闇市《やみいち》の露店《ろてん》などで売られていたが、これもびっくりするほど高価だった。しかたがない、下駄《げた》でいこう、と馨は決めた。

三　運命の曲がり角

下駄といっても、日ごろ使っているものがひとつしかない。男物の細幅駒下駄《ほそはばこまげた》だが、これならまだそれほど磨《す》り減《へ》っていない。鼻緒《はなお》もしっかりしている。これでいこう、と馨は決めた。まだ素足でいてもおかしくない季節である。寒くなるまでには、なんとか靴を調達しようと思った。靴屋に頼んで、まだ履ける古靴を買うつもりだった。

次の日、下駄で出勤した馨は下足棚に駒下駄をおさめ、スリッパに履き替えて机についた。そこへ前日訪れた印刷社の担当から、馨に電話があった。修正した校了紙を持って、午後いちばんにうかがいます、という。この人は肩書のある老練《ろうれん》な営業マンだった。それだけお役所には気をつかっていたのだろう。

「あの工場からここへ通うのはたいへんでしょうね」と、馨が思わずいうと、「いやいや」と笑った。

「私は会社のバタンコ――三輪トラック――に便乗《びんじょう》していくんで、たいしたことありません」といってからつけくわえた。

「でもそちらさまは、遠くておどろいたでしょう。山元町の停留所からでも、ずいぶんありますものね。いつでも電話で呼びつけてくださって結構ですよ」

「ありがとうございます」と、馨は丁寧にいって電話を切った。あの印刷工場周辺の地理なら、馨は知悉《ちしつ》していた。馨の出た旧制三中は、かなり離れていたとはいえ、同じ丘の東側にある。元競馬場あたりまでは、中学生の行動範囲内だった。馨は受話器を置いて、この仕事もこれで終わりだろうと思った。

そのあと、午前中は天野くんと備品の在庫を調べた。引越しのときの混乱がまだおさまっていなかった。馨にはよくわからない伝票類や種々の届《とどけ》用紙があった。天野くんがとりわけ、馨は数を数えただけだ。

そしてその日の午後、印刷社の担当さんが帰った後、運命の曲がり角をまがる仕事を命じられた。

「カオルくん、悪いがこの書類、持ちまわり決裁《けっさい》でひとまわりしてきてくれないか。できれば今日中に頼む」

加藤庶務係長だった。この人もいつからか馨をカオルくんと呼んだ。自分も加藤なので、このほうが呼びやすかったのだろう。「はい」と元気よく答えて馨は立ちあがった。『持ちまわり決裁』というのは、急ぎの決裁事項があるときに行われる、一種の便法《べんぽう》である。

正規の手続きとしては、決裁書を文書課に提出して、そこから必要な部課《ぶか》へまわしてもらい、それぞれの証認印がそろったところで、文書課から提出元の部課にもどってくる。しかしこれでは数日から一週間もかかる。そんな余裕のないときは、課員が書類を持ち、各部課をまわって判をもらい歩く。

案外面倒な気をつかう仕事だったが、馨は以前にもこの仕事を頼まれたことがあり、なんとか無難《ぶなん》にこなした。それで加藤さんは馨を指名したのだろう。課内でいちばんの暇人、ということもあったと思われる。ただ時間がすでに三時になろうとしていたから、ややあせりがあった。

馨は元小学校の本庁舎にはいり、所定の手続きを踏んで各部各課をまわった。どうしても小走りになる。板張りの廊下を駒下駄でかたかた走っていると、いきなり呼び止められた。なにか知らないが険悪《けんあく》な声だった。

「君、ちょっと、君は市役所の者かね」

「はい、そうです」

「君は役所に下駄できたのか」

「はい」

多分課長か課長補佐か、偉い人のようだった。

「所属はどこだ」

「体育課です。体育課の加藤といいます」

「廊下は走るなって、小学校で教わらなかったか」

皮肉をいっているな、とは思ったが、逆らわなかった。

「そういえば、はい、たしかにそう教わりました」

「だったら走るんじゃない」

「わかりました」

馨は頭を下げ、あとはできるだけ静かに歩いた。そして無事決裁書を分室まで持ち帰った。すると、課長が立ちあがって、ひどく不機嫌な顔で馨をにらみつけた。おそらくあの皮肉屋から、電話で苦情があったのだろう。課員たちはしんとしていた。そして課長が乱暴にいった。

「お前は今日、下駄で出勤したそうだな」

「はい」

「なんで下駄なんか履いてきた」

このとき、馨の胸にくすぶっていた反抗心に火がついた。だから反射的に、いわなくてもいいことをいった。

「ハダシではこられないからです」

「なんだと、こいつ」

課長は一気に頭へ血がのぼったようだった。いきなり机の上の空《から》の茶碗をとると、ヒュッと馨に投げつけた。本当にぶつけるつもりだったかどうかはわからない。しかし茶碗はまっすぐ馨に向かって飛んできた。なにしろ距離がない。馨は半《なか》ば本能的に左手でつかんだ。ピッチャーライナーを捕《と》った感じだった。

四　童話を書く建築士

　べつに野球選手だったことはない。しかし子供のころから、草野球ではどこでも守った。守備には自信がある。当然キャッチボールもうまい。受けとった茶碗をそっと自分の机に置き、深呼吸をひとつしていった。ほとんど無意識だった。

「靴はこわれたんですが、いますぐ買うだけの金はありません。下駄で通っていけないというなら、ここを辞めます」

　そして日ごろ腹に溜《た》まっていたことを、一息にしゃべった。口から飛びだしてしまった、といったほうがいい。

「ぼくはこの市役所に、技術員として採用されたんです。それなのに新聞の編集だとか、ガリ版刷りなどをさせられてきました。こんなことはいくら上達しても、建築士の受験資格にはなりません。早く建設局に移してください。それがだめなら、ほかへいきます」

「勝手にしろ」と課長は言い捨て、二係長をうながすと部屋を出ていってしまった。なんといっていいかわからなかったのだろう。残った課員たちは、ほっとしたようなため息をついた。天野くんが真剣な顔でいった。

「お前、よく捕ったな。おれはお前が投げ返すかと思って、はらはらしたぞ」

「そんなことはしない。下手をすると傷害沙汰《しょうがいざた》になっちまう」

「それは課長のほうだぜ。お前がナイスキャッチしたからよかったけどよ」

天野くんはあの『カオルくん』という呼び方を忘れているようだった。するといつもの静かで、馨とはめったに口をきかない一係長が、そっと席を立ってやってきた。

「加藤くん、短気を起こすなよ。役所は融通《ゆうずう》のきかないところだからね。あれで課長は大いに反省しているはずだ。きっとあとで君に謝ると思うね。茶碗を投げたことだが」

庶務係長の加藤さんもよってきて、とりなすようにいった。

「あの人はいつまでも根に持ったりしない。だから後で君のほうから謝ったほうがいい」

「わかっています。ぼくが生意気《なまいき》をいったためですから。でも、しばらく考えたいと思います。ここはどうも、ぼくには不向きな職場のようです」

うんうん、と庶務係長はうなずいたが、すぐにいった。

「しかし、どこへいったって、似たようなもんだよ。あまりあせらないほうがいい」

それはそうだろうと馨も思った。それでもひとつだけ許せないことがあった。

「役所は下駄で出勤してはいけないようですね。服務規程には、そんなこと書いてなかったと思いますが。迷惑をかけるといけないので、辞めるかもしれません。いつ靴が手にはいるか、自分でもわからないんです。それから、少し早いけど今日はもう帰ります」

「ああ、もう十五分くらいしかないから、かまわんよ。しかし、なにも辞めることはないだろう。下駄しかないなら下駄でいい。ここから出なけりゃどうってことはないんだ。今日『持ちまわり』にやって、悪かった。勘弁《かんべん》しろ」

加藤係長はそういって、背の高い馨の肩を軽くたたいた。この人が悪いわけではない、と馨は思った。悪いのはやっぱり下駄かな、と考えたらなんとなく笑いたくなった。こうなったら周りがなんといおうが、当分下駄出勤を続けようかと、一時は天邪鬼《あまのじゃく》のような気分にもなったのである。

帰り道でその天邪鬼はやめた。今年はいったばかりの小役人だが、馨にも意地があった。いちど課長に向かって辞意を表明した以上、ここは辞表を出すところだろう。勤め口にもあてがないわけではない。

去年馨が三年生で実習生としていった、M建設からは、役所がいやになったらいつでもうちへこい、といわれていた。また例の『海軍さん』のいる三和建設からも、誘われたことがある。建築士を目指すなら現場に出ろ、とハッパをかけられた。

いまは建築ブーム時代といわれている。いつまで続くかわからないが、若手にとっては経験を積むチャンスである。とにかく実務を学ぶには、逃したくない時だった。建築士の受験資格は実務三年以上とあり、学校を出ただけでは受験できないのである。馨はいまそういうチャンスを、みすみすつかみ損ねているのだった。

『童話を書く建築士』というのが、加藤馨の――そしてもちろん佐藤暁《さとる》の――抱いてきた人生の夢だった。このままではその夢が遠のく。建築士と童話作家のどちらかを、捨てなければならないとすれば、どちらを捨てるだろうか、と馨は考えてみた。

どうあっても童話は捨てられない。しかし一時保留はできる。どうせいまはロクな作品も書けない。長い修業がいるだろう。童話を書いて、すぐにでも生活が成り立つのなら、建築士は捨てられる。それができないから、米塩《べいえん》の資《し》を得るために、童話の次に好きな建築で身を立てようとしている。

それはわがままなのかもしれないな、と馨は帰りの道で考えた。それでもあの体育課は御免《ごめん》だ。いや課の人たちはみないい人だ。課長だってあんな無茶をするが、竹を割ったような気質だ。不思議と悪感情は湧《わ》かなかった。

（おれは多分、役人に向いてないんだろう）

馨はそう結論づけた。役所でなければ辛抱《しんぼう》できるかもしれない。建築士になれなくても、童話を捨てるわけにはいかないのだから。

そう思ったら、無性《むしょう》に童話が書きたくなった。前から構想を立てていた長篇作がある。あれを書きはじめよう。

そう決めただけで心がさわいだ。加藤馨から、一気に佐藤暁に変わった瞬間だった。その佐藤暁は家に帰るといったん加藤馨にもどり、苦心して辞表を書き、課長あてに丁寧な詫《わ》び状《じょう》をそえ、郵送するために上等な封筒を探した。そしてその夜から、さっそく新作にとりかかった。その書き出しは次のようなものだった。

五　新しい長篇作

てのひら島の物語

ほーっと、お母さんは深いため息をつきました。

このため息が、だれかの心の中に浮かんでいた、奇妙な形の船の帆《ほ》にぶつかりました。

よくよく見たら、この船はヴァイオリンでした。ヴァイオリンを船に作りかえたのでしょうか。

そうなら、帆柱はヴァイオリンの弓でしょうね、きっと。

そして船は、この物語をのせてスルスルと動きだしました。

(一)　十五年前

「お母さーん、サトルったらねえ、またいけないんですよー」

「お母さーん、サトルったらねえ、またいけないんですよう」

二人が、同じような声で、同じことをさけびました。お母さんは、またも手にしたスプーンをほっぽりださなくちゃなりません。

サトル、この一年生は手に負えないいたずら坊主でした。

三つ年上の二人の姉さんたち——つまり双子でした——のユミチンキとクミチンキは、二人がかりでも、とうていかないません。

『ユミチンキ』『クミチンキ』って、まったく変な名前ですね。ほんとうはユミとクミだけなのですが、うちの薬箱に、クミチンキという薬があったのです。お腹《なか》の薬だそうですが、それを知ったサトルが、まずクミ姉ちゃんを、『クミチンキ』とよびました。それでいつの間にか、ユミ姉ちゃんのほうまで、『ユミチンキ』となりました。

そうしたら、その日の日曜新聞に、『ラキサトール』という薬の公告が、大きくのっていました。なんの薬だかわかりません。そんなのはどうでもよかったのです。ユミチンキがみつけて、こんなことをいいました。

「あら、ラキサトールだって。ねえクミちゃん、サトルのこと、こんどからラキサトールってよばない？」

「なに、ナキサトール？」

「あ、それいい。クミちゃん頭いい！」

クミちゃんが聞きちがえたばかりに、サトルは『ナキサトール』になりました。それで朝から、けんかが絶《た》えないのです。

サトルはそんなふうによばれると、だまっていません。二人の姉さんを相手にして、負けずにいい返しました。

もう十ぺんめか、十一ぺんめになるでしょう。お母さんは、そのまましばらく耳をすませました。

三人のさわぐ声が、ブンブン聞こえます。まるで飛んでくる蜂《はち》の羽音みたいでした。

そしてしずかになりました。やがてまた、だれかのさけぶ声がするまで。

さて……。

そんな大さわぎのあった日から、なんと、十五年もたちました。

かわいそうに、クミチンキは十六の年に、フクマクエンという病気で、なくなりました。ユミチンキのほうは元気で、もう若いママになっています。

船乗りだったお父さんは、戦争にでていって、帰ってきませんでした。

ナキサトールのサトルはいま若い建築家です。友だちはみんなサットルとよびます。それで自分でも、『建築家のサットル氏』なんて、名乗ったりするのでした。

その日は日曜日だったので、家でのんびりしていました。お母さんと二人きりです。

「ねえ、お母さん、お母さんがぼくらに、クリクルの話をしてくれたこと、おぼえている？　もう十五年になるよ」

「そうねえ、お前があんまりきかん坊なもんだから、作って聞かせたのね」

「あのクリクルの話を聞いて、ぼくはとっても楽しかった」

それだけいうと、建築家のサットル氏はすっと立って、自分の机の前につき、引き出しを開けて一冊のノートをとりだしました。

表紙には、『お母さんが作ったクリクルの話』と書いてあります。それはこんな話でした。

(二) お母さんの作った話

あるとき、それはムギの穂《ほ》が、小さな小さな花をつける、前の晩でした。花は明け方にさくのです。

妖精たちは、一番花をつけた穂をみつけるため、みんな畑のまわりに集まっていました。

毎年、妖精たちは一番花をとりあいます。かすかな香りをかぎわけて、みつけなくてはいけません。とてもむずかしいのです。

だから、たいていは、大きな鼻をもったものがとりました。一番花をとった妖精は、それから一年、英雄として尊敬されます。

やがて夜が明けはじめ、だれかが大声をあげました。

「みつけたぞー」

するとそのムギの根もとで、ハッハッハッと笑うものがいました。

どうやら一足さきに、一番花をとったようです。仲間がサアーッと集まってきました。

「だれだい、今年の英雄は」

「ワガハイさ。名前はギッシュさまだ。旅の途中だが、ここで英雄になれば、一年はのんびり暮らせるって、聞いたもんでね」

まっくろな服を着て、耳がとんがっています。

「おや、君にはシッポがあるね」

「シッポがあっても、妖精は妖精だよ」

そこへ妖精村の村長が、白いあごひげをなびかせて、かけつけてきました。

「お前はどこからきたのか」

「ワガハイは、このたびジゴクからやってきた、小鬼《こおに》の妖精ですよ」

「小鬼の妖精？　あんまり聞かないな」

「聞かないはずです。ワガハイがはじめてですからな。ジゴクで生まれてジゴクで育ったんで、小鬼なんていわれていた。でもようやく、ジゴクを抜けだしてきたんですよ」

村長はうしろを向き、なにかヒソヒソと相談しました。そしてふりむくといいました。

「それでは、シケンをする。一本足で立って、一秒間に三十回まわれるかね」

ギッシュは村長がいいおわらないうちに、ブーンと九十回もまわりました。

「よろしい。ではこのムギの背丈の、三倍とびあがれるかね」

ギッシュはたしかに、六倍ははねあがりました。

「よろしい」

村長がそういって、ギッシュは村に住むことになりました。それも英雄としてです。

はじめのうちは、ギッシュもおとなしくしていました。ところがいつのまにか、そんなギッシュの子分になるものが、でてきました。ギッシュは親分になって、大いばりで、かってなことをはじめました。

困ったほかの妖精たちは、この近くの氏神《うじがみ》さまに、お願いにいきました。神さまは人間だけを守っているわけではありません。妖精も守ってくれるのです。

「神さま、どうかギッシュを、おとなしくさせてください」

「よしよし、なんとかしよう」

神さまはそうこたえて、机にむかいました。いまの神さまには、りっぱな事務所があります。もちろん人の目には見えませんが。

机の上には、原稿用紙がおいてあって、その上に万年筆があります。

神さまは、どうしたらいいか、この万年筆をつかって、原稿用紙に書きつけます。でも、妖精たちの願いはむずかしくて、なかなか考えがまとまりません。

神さまは、つい手にもった万年筆で、いたずら書きをはじめました。神さまでもそんなことをするのです。

クルクル、クリクリと、万年筆をうごかしていると、いつのまにか、かわいいくせに気の強そうな、男の子の顔になってきました。

そこで、からだを書き足して、手も足も、書きくわえました。

「あれ、なんにも考えていなかったのに、こんな絵になっている」

神さまもびっくりです。

「よーし、この子を妖精にしよう。いたずら書きから生まれたから、いたずらっ子の妖精だな。えーと、名前はどうしよう」

神さまは、ちょっと考えていいました。

「クルクル、クリクリ、万年筆で書いたんだから、クルクリかな、いや、クリクルのほうが、よびやすいみたいだ。そうしよう」

こうして、『いたずらっ子の妖精』クリクルが生まれました。神さまは、クリクルに力をあたえました。ギッシュに負けない力です。

「さ、お前はここの妖精村へいきなさい。それから、人間のいたずらっ子のことも、めんどうを見てあげなさい」

こうして、クリクルは、いたずらっ子たちの守《も》り役《やく》になったのでした。


（未完）

六　構想ノート

ここまで書くのに三日かかった。完成はおそらく数か月後になるだろう。しかしこれだけでは、『てのひら島の物語』という、題名の意味もわからず、まことに落ちつかない。

さいわい加藤馨ことサットルは、話の構想をノートに書いている。思いつくままに記したもので、終わりまでは考えていない。それは書いていくうちに現れてくるはずだ。この構想のまま、話が進むかどうかも不明だが、箇条書きにまとめてあるので、それを引いておく。

作者がサットル、作中の主人公が『建築家のサットル氏』で、現実世界と作中世界が奇妙に混じり合う。ただ混乱を避けるためか、幼少年時の主人公は『サトル』としてある。

① 主人公『建築家のサットル氏』は、少年のころを回想する。
② 話中話を組みこみ、二重構造になる。まず母の作った『いたずらっ子の妖精クリクル』の話が、すべてのはじまり。

③ 少年サトルは、そのクリクルをひそかに自分の守護神と決め、続きを自分で作りつづける。だれにも話してやらない。

④ その話の中では、クリクルに仲間がいる。氏神《うじがみ》さまが、玩具《おもちゃ》の木琴《もっきん》をたたいて呼び出した、八人のオクターブ兄弟だ。末っ子だけは女の子。低い音から年上で、ド・オクターブ、次は、レ・オクターブ、順に、ミ、ファ、ソ、ラ、シ、と続き、おしまいの女の子だけは、ド・オクターブ・ピィキィという名前がある。

⑤ 建築家サットル氏の回想は、いつも小学四年生の夏、峠山《とうげやま》の向こうの村へ、一人でいったときにもどる。あれは探検のつもりだった。

⑥ そこでサトル少年は、トマトの青い実をもぎとり、ガラスびんにぶつける。びんは、鳥をおどすためのもの。本当は小石を探したのだが、なかったので、畑のトマトをそのかわりにした。

⑦ そのとき畑の持主のじいさんにみつかって、お仕置《しお》きをされる。てのひらの上に、キセルのきざみ煙草《たばこ》の火を落とされたのだが、サトルはじっと我慢する。

⑧ じいさんは感心して、火傷《やけど》の手当てをするため、自分の家につれていく。この家は農家のようには見えない。じいさんはもと船乗りだったという。

⑨ 火傷はたいしたことない。ヨードチンキで消毒し、絆創膏《ばんそうこう》を貼ってもらったが、これは気になってすぐにとってしまう。

⑩ この家にお転婆《てんば》な女の子がいて、さすがのサトル少年もびっくりする。二年生だというが、木登りがうまい。

⑪ 二人は苺《いちご》を採りにいって喧嘩《けんか》になる。もてあましたサトルは、相手をなだめようと、初めてクリクルの話をしてやる。

⑫ 「あたしも、そんな守《まも》り神《がみ》さまがいるといいな」と、おとなしくなったその子がいうので、サトル少年は、気前よくオクターブ兄弟の末の妹、『ピィキィ』をあげるから、お前の守り神にしろ、という。

⑬ そして帰りはバスに乗せてもらい、大まわりして家にもどる。

⑭ 夜お父さんにその話をすると、お父さんは右手のてのひらに、小さな火傷のあとを丸く残して墨《すみ》を塗り、手形をとる。その横に「もうわるいいたずらをしません」と書かされる。

⑮ でもサトル少年は、その手形を、どこかの島の地図みたいだな、と思う。てのひらの形をした『てのひら島』だ。この島にいくには、玩具のヴァイオリンで作った船

でいく。

⑯ 船にはクリクルたちが乗っている。島にはだれが住んでいるんだろうと、また話の続きが生まれる。

⑰ しばらくして、サトル少年は、もう一度あの家を探しにいってみたが、みつからなかった。

構想はここまでで、あとは書きながら考えるつもりだった。どうせ話は初めの構想どおりにはできない。それでも、これでてのひら島の由来くらいはわかるだろう。

第六章

一　中学校教員

童話ばかりに熱中してはいられなかった。今後にそなえ、馨《かおる》は家で履歴書を書いていた。そこへ加藤庶務《しょむ》係長から封書が届いた。いぶかしみながら開けてみると、こんなことが述べてあった。

『……君の辞表は、課長が引き出しにしまったままだ。課長は握りつぶすつもりだろう。そして、君の身柄を教育委員会にあずけた。待機の形になっている。課長の言葉をそのまま記すが、課長はこういっている。カオルのようなやつは、二、三年役所から出て、頭を冷やしたほうがいい……』

そして現在、発足間もない市立の新制中学校では、理数系の教師が不足しているらしいのだが、たまたま馨には、旧制工業学校——後の工業高校——の教員免許があるから、まちがいなく採用されるだろう、とある。

『そんな事情で、近く委員会から呼び出しがあるはずなので、そのつもりでいてほしい。

ただし受諾《じゅだく》するもしないも、君の自由であって、そこまでは課長も強制しないと思う。すべて自分で判断し決定するように』

加藤庶務係長の手紙はそういっていた。追伸として、待機期間の給料は止まるが、勤務と同時に継続されるとあり、今月分は出ているので、近く受けとりにきてくれ、もちろん下駄《げた》履《ば》きで結構、とユーモラスに締めくくってあった。

おそらく課長の指示によるものだろうが、実に意外な知らせだった。教員免許を取得しているのは承知だが、先生になる気はまったくなかったから、自分でも忘れていた。いくらなんでも先生は無理だ、と思っているところへ、その呼び出しの葉書がきてしまった。よほどすっぽかそうかと思った。しかしこうなるまでの経緯《けいい》を考えると、そうもいかない。ことわるにしても、直接口頭でことわるほうがいいと思った。指定された日まで数日あったので、馨は体育課に顔をだした。課長は例によって席にいなかったが、仲間は歓迎してくれた。天野くんなどはしきりに残念がった。

馨が加藤庶務係長にお礼の挨拶をしているとき、おだやかな口調の一係長が馨を呼んだ。そういえばこの人にも慰《なぐさ》められたっけ、と馨がよっていくと、机の下から紙包みをとりだした。開くと一足の革靴が出てきた。

「これは、俗《ぞく》に深《ふか》ゴムといってね、軍装の礼服時に履く靴なんだよ。私はこれでも陸軍大尉だったんで、こんなものを持っていた。しかしいまは履かない。十一文《もん》だから、君にどうかな、と思ってね。先生になったって靴はないと困るだろう。進呈《しんてい》するから、とりあえず使ってみたら」

これにはさすがの馨も恐縮し、謹《つつし》んでいただくことにした。その場で履いてみたが、ちょうどいい。名のとおりくるぶしまではいる深靴で、着脱に楽なように、横には伸び縮みする丈夫な黒のゴム布がついている。馨はありがたくその靴をかかえて帰った。

やがて指定された日時に、その深ゴムをはいて教育委員会事務所へ出頭した。Ｋさんという人事課長が、面接をしてこういった。

「君のことを、体育課の課長がなんといったか、聞きたくないかね」

馨はだまって首をかしげた。口をきくとよけいなことをいいそうだった。

「まあ聞きなさい」と人事課長が続けた。

「君はわがまま小僧で使いにくいんだそうだよ。そこで同僚たちに聞いてみたところ、みんなが、わがままどころかあんないいやつはいない、っていう。それで君を採用することにした。実は戸塚《とつか》区の端の農村地帯に、横浜でいちばん小さい中学校があるんだがね」

そういう小さな中学校で、しかも通勤には一時間一本のバスしかない、という不便な場所なので、なかなか希望者が現れないのだそうだ。そこへ赴任してほしい、といった。

馨は考えた。おのれが教師に向いているとは、どうしても思えない。しかし、いちばん小さい中学校というのは、なんとなく気に入った。そういう学校なら勤まるかもしれないな、と、ふと思ったのである。魔がさした、としかいいようがない。それで答えた。

「わかりました。ぼくのようなものでいいのなら、そこへいきます」

するとそれまでの頑固そうな顔が、ぱっと明るくなり、にこにこしながらいった。

「よかった。なんとか数学と理科の教師をよこしてくれ、という陳情《ちんじょう》がその学校からきていてね。しかもそれだけではない」と、人事課長は顔をしかめた。

「どこのだれが手を貸したか知らないが、この採用予定者名簿を見たらしくてね、地区選出の市会議員さんから、君を名指しで説得してほしいといわれた。君の知っている方かね」

「いいえ」と馨は否定した。初めて聞く名前だった。人事課長は、うん、とうなずいて続けた。

「まあそれはどうでもよろしい。君はこの中学校に請《こ》われていくんだから、しっかりがんばってくださいよ」

そして辞令がすぐに出るので、しばらく控室で待つように、といわれた。いまの時期は中途採用になるので、馨のように勤務先が決まった者には、即日辞令が降りるのだそうだ。こんなふうに、アッケラカンと承知してしまっていいのかな、という気はしたが、もう手遅れだろう。

『……中学校教員に採用　横浜市立岡中学校勤務を委嘱《いしょく》します』

そう書かれた辞令をもらい、学校の所在地を教えられた。戸塚駅から、バスで四、五十分はかかるところだった。人事課長のKさんに挨拶すると、「あちらには連絡しておきます。教員免許証を持って、可及的速《かきゅうてきすみ》やかに着任してください」、といわれた。

二　横浜市立岡中学校

なんとなく狐につままれたような気分で、馨は教育委員会の事務所をでた。この事務所は小学校に間借りしているのだが、その学校は横浜に多い急な坂の途中にある。坂道に出ると、秋の空が高く青く広がっているのが見えた。港から吹き上げる爽《さわ》やかな海風が心地よかった。

Kさんは『可及的速やかに』という常套句《じょうとうく》を使っていたが、これは旧海軍でよく交わされた言いまわしである。海軍というところは転任が多く、新任地へ向かうときに必ずこういわれる。海軍軍人の家庭に育った馨は、そんなことをなんとなく知っていた。とすると、あの人事課長も元海軍さんかな、という気がした。

一係長は陸軍大尉だったというし、いずれにしろあの人事課長さんも、厳しい戦中をくぐり抜けてきたにちがいない。馨はおのれを振り返って、今後はわがまま小僧などといわれないように、少しは大人にならなくてはと、自戒したのだった。

それにしても、まさか先生になるとは思わなかったな、と馨は澄んだ秋空を見上げながら、自分で自分の決断に驚いていた。これではますます建築士になる夢から、遠ざかってしまうだろう。しかたがない、もう童話一本に自分の人生を賭けようか、などと馨は考えたのだった。

せっかくはいった市役所を、さっさと辞めてしまった馨の今後については、家族一同ひそかに心配していたようである。その馨が教員になると知って、みんなびっくりしたようだった。しかし同時に喜んでもくれた。

なにしろ同居の母方の祖母は、実科《じっか》女学校の家政科の教師だった人だ。母は若いころ小学校の教師だった。姉は保母として保育園に勤めている。そこに馨が加わったのだから、これはもう先生一家である。

翌日馨は——可及的速やかに——その『岡中学校』という、新しい勤務先へ出かけた。始業時間がわからないので、早朝のバスに乗った。この時間だからか、かなりの乗客があった。ボンネットのある小型バスで、立ったままだと馨の頭がやや天井に触れる。バスは国道を離れると砂利道をいくが、そのあたりからかなり揺れた。

頭を天井にぶつけないために、馨はいくらか首をまげていなくてはならなかった。もちろん席があいていれば問題なく、乗客は次々と降りていって、終点の和久岡《わくおか》という停留所まで乗ってきたのは、数人しかいなかった。

馨は一人離れた席にいたが、ほかの人たちは、互いを「先生」と呼んでいた。多分馨の先輩たちか、あるいは小学校もあると聞いていたので、そっちの先生かな、と馨は思っていた。二つ三つ前の停留所から乗ってきた、年輩の人が一人いて、若い先生——と思われる男の人たち——と談笑していた。

郵便はがき

料金受取人払郵便

牛込局承認

7584

差出有効期間
2017年12月31日
（期間後は切手を
おはりください。）

162-8790

東京都新宿区市谷砂土原町 3-5

偕成社 愛読者係 行

本のご注文はこのはがきをご利用ください

◎ご注文の本はブックサービス株式会社（宅急便）により、１週間前後でお手元にお届けいたします。

◎ブックサービス株式会社（本の注文状況に関するお問い合わせはこちらへ）
TEL：0120-29-9625（フリーコール）9:00 ～ 18:00 ／ FAX：0120-29-9635
E-mail：info@bookservice.co.jp

◎本に関するお問い合わせ、郵便振替でのお支払いをご希望の方はこちらへ
偕成社
TEL：03-3260-3221 ／ FAX：03-3260-3222 ／ E-mail:sales@kaiseisha.co.jp

ご注文の書名	本体価格	冊数	

（フリガナ）
お名前

TEL　　－　　－
E-mail

（フリガナ）（〒　　　　　　）
ご住所

★ご愛読ありがとうございます★

今後の出版の参考のため、皆さまのご意見・ご感想をおきかせ下さい。

ご住所	□□□-□□□□ 都・道 府・県	TEL	
	フリガナ		
E-mail			
お名前	フリガナ	ご職業	
			1. 男 2. 女 (　　)才
読者がお子さまの場合	お子さまのお名前 フリガナ		年　月　日生まれ
			1. 男 2. 女 (　　)才

新刊案内など、小社からのお知らせをお送りしてもよろしいですか？　良い・不要

●この本の書名『　　　　　　　　　　』

●この本のことは、何でお知りになりましたか？

1. 書店　2. 広告　3. 書評・記事　4. 人の紹介　5. 図書室・図書館　6. カタログ　7. ウェブサイト

●ご感想・ご意見・ご希望など

ご記入の感想等は、匿名で書籍のＰＲ等に使用させていただくことがございます。
使用許可をいただけない場合は、右の□内に✓をご記入下さい。　□許可しない

＊ご記入いただいた個人情報は、お問い合わせへのお返事、ご注文の商品発送、新刊、企画などのご案内送付以外の目的には使用いたしません。ご協力ありがとうございました。

バスを降りたところで、馨はいきなり声をかけられた。その年輩の人だった。

「加藤先生ではありませんか」

生涯で馨が「先生」と呼ばれた、最初の瞬間である。車内ではまったく見ていないようだったのに、それとなく観察していたのだろう。馨は立ち止まって会釈《えしゃく》しながら答えた。

「はい、加藤ですが」

「はやばやときていただいてよかった。実は明日からノウハン休暇でね、一週間休みになるんですよ。私は安井といいます。岡中の副校長をしています」

「はあ、どうぞよろしくお願いします……えーと、いまナニ休暇といわれました？」と、思わず馨は問い返した。すると安井副校長は笑いながら説明してくれた。

「農作業が忙しくなる時期の、休暇ですよ。正式には『休業』といいますがね。まあ農作地帯特有の行事です。中学生ともなると、立派な働き手ですからね」

そこで言葉をきると、興味津々の面持ちで見ていた若い先生たちを、一人一人紹介してくれた。中学校の教師は一人で、藤沢《ふじさわ》から通っているという。あとの二人は小学校の教師だった。

切り通しのわりと広い坂道を話しながら上り、上りきったところで、左の農道のような脇道にはいった。両側は大根畑でなんとも懐かしい風景だった。行く手に丈の高い生垣が見えた。珊瑚樹《さんごじゅ》の生垣だと馨にはすぐわかった。自分の出た小学校もこの木の生垣だったのだ。その生垣の切れ間に素朴な校門があった。

真新しい白木の丸太を左右に二本、地面に埋めこんで立てただけである。その丸太の下部には、防腐剤のコールタールが塗られていた。その左の柱に『横浜市立岡小学校』と書いた、古い板札がとりつけてあり、右の柱には『横浜市立岡中学校』という、やや新しい板札がつけてあった。

「運動場は小学校と共用ですがね。かなり広いから不都合はありません」と、安井副校長がいった。

校舎は門をはいって右側に『コの字』型に建っていた、コの横棒部分の二棟が平屋、正面の縦棒部分だけ二階建てだった。

「あの二階校舎が中学です」と安井副校長が指さし、先生たちは——馨もふくめて——二手に別れた。

三　登校初日

清田校長先生は、職員室の一部を仕切った狭い校長室にいた。小柄のよく日に焼けた人だった。なんとなく、加藤庶務係長と雰囲気が似ていた。もちろんこちらの方がかなり年輩だったが。馨を迎えて、「よくきた、よくきた」と何度もいった。

まもなく校長も職員室にでてきて、『朝の打ち合わせ』と称する職員の顔合わせがあり、馨はここで紹介されて、末席を与えられた。校長をふくめ全員で十人になったが、まだ定数には二人足りないのだそうだ。

それだけ先生に負担がかかり、副校長も授業を受け持ち、養護教諭の資格を持つ石原千津子先生まで、理科を教えているといった。もう一人、同姓の石原多恵という家庭科の先生がいて、女教師はこの二人だけだが、べつに親戚というわけではなく、この辺りに多い姓なのだそうだ。つまり二人は地元の人だった。

同じ地元出身の男の石原先生がもう一人いて、馨と同年齢だが、主に体育を受け持っていた。まぎらわしいためだろうが、女の先生はそれぞれ「千津先生、多恵先生」と呼ばれ、「石原先生」といえばこの体育の先生だった。

藤沢から通っている松本先生は、馨より一歳年長の師範出だそうだ。国語も社会も数学も理科も、なんでもこなすという。苦手は英語と音楽だな、といって笑った。ただし中学校の免許は二課目までで、そのほかの課目を教えるには、臨時免許が必要らしい。この先生はいずれ大きな学校へ移るにちがいない。

ほかに中沢先生、大川先生というベテランの教師が二人いた。中沢先生は自転車で、大川先生は歩いて通勤しているという。中沢先生は社会科、大川先生は主に音楽の受け持ちだそうだが、独学で資格をとったと聞き、馨は大いに感心した。

もう一人、英語の森先生がいた。旧制大学を出て、戦前は新聞記者をしていたという。職員最年長のおだやかな人だった。郷里は福島だそうで、かすかに訛《なま》りがある。「実は英語にもやや福島弁がはいるんだよ」と、嬉しそうに自分からいった。三人ともこの近辺に住んでいるようだった。

やがて始業のベルが鳴った。特別のことでもないと、朝礼のようなものは行わないといわれた。生徒に号令をかけるのも禁止だそうだ。そういえばそんなことを、在学中の講習で聞いた覚えがあった。すっかり忘れていたのだが。

しかしこの日は『特別の日』、つまり農繁《のうはん》休暇の前日であり、また新任教師——つまり馨のこと——を紹介する必要もある。石原先生が生徒を教室から追いだし、生徒は校舎の前に集まった。ここには昔ながらの朝礼台があった。

なるほどだれも号令らしき声は上げず、「はーい、集ってくださーい」、「並んでくださーい」というようないい方で、生徒を呼び集めた。そんな雰囲気がものめずらしく、馨は緊張もせずに着任の挨拶をしたのだが、なんともこそばゆい感じだった。

そのとき生徒の頭数をざっと勘定してみた。百四、五十人かな、と思った。あとで聞くと、在籍数は百八十余人だが、すでに——勝手に——農繁休暇をはじめている生徒がいるので、今日は少ない、という。馨にはそれもおもしろかった。次の日から休みというので、生徒たちはやや浮き足立っているようだった。

その日は一日、職員室で学習指導要領などを読んで過ごした。教員免許は持っていても、こういう教育関係の決め事は、まったくといっていいほど馨は知らなかった。だから先生は無理なんだよ、などと思いながらも、まあなんとかなるだろう、という気もした。そんな馨は実に落ちついて見えるのである。

休暇中の日直《にっちょく》・宿直《しゅくちょく》の割当などは、すでに決まっているそうで、加藤先生こと馨の着任はこの日として、登校は休み明けからでよろしい、と清田校長はいった。しかし生徒は休みでも、基本的に先生は休みではないのだそうだ。

「とにかく私は毎日出ていますので、一日二日、きてみたらどうです。生徒のいない学校というのも悪くないものですよ」と安井副校長がいった。横から石原先生も気さくにいってくれた。

「ぼくはこのすぐ近くに家があるんで、毎日顔を出します。そうしないと、農作業にこき使われるんでね。よかったら学区の案内をしますよ」

「わかりました。ぜひその、案内というのをお願いします」

馨はとりあえずそう答えてから、こんなふうに続けた。

「実は急な赴任だったので、身のまわりの始末がついていません。いい機会だと思うので、二、三日でそれをすましてから、登校することにします」

馨はそう約束した。身のまわりの始末など、実際にはなにもない。しかし書きかけの童話の続きを、もう少し先まで書いておきたかったのである。新しい環境になじむまでは、しばらくなにも手につかなくなるだろう。市役所にはいったときの経験から、そのことはよくわかっていた。だからこれも、馨にとっては『身のまわりの始末』にはちがいない。

着任と同時に農繁休暇になるとは、思ってもいなかったことだ。こんなのを大げさにいえば、まさに『奇貨居《きかお》くべし』だな、などと馨はひそかに思って、我ながらおかしかった。どっちみち創作は、三日も続けると倦《う》んでくる。そういうときに無理しても、いい結果は生まない。なにもしない時間を置いたほうがいいのだった。

四　『続・てのひら島の物語』（ただし梗概《こうがい》のみ）

①

サトル少年は、お母さんにもらった『いたずらっ子の妖精クリクル』の話を、作り続けていた。といっても、サトルは字で書いたりはしない。作文はもともと大嫌いだった。だから、頭でぼんやり考えるだけだ。それでも、大筋は決して忘れなかった。

サトルたちの家はかなり大きな港町にある。この町の後ろに、峠山《とうげやま》という小山があって、その小山の暗い杉林を抜けていくと、ふいに景色が変わる。畑や田圃《たんぼ》や竹藪《たけやぶ》や、フナのいる小川や、谷間の湧《わ》き水《みず》を集めた用水池や、小さな滝や、大きな農家や、そうでもない農家や、そのほかいろいろなものがあった。

(このあたりから、サトル少年の作った話にはいる)

クリクルたちの住む妖精村は、この峠山のどこかにあった。はっきりした場所はサトルも知らない。ただクリクルとその仲間——オクターブの兄弟たち——は、ときどきサトルの家に遊びにくる。ときには押入《おしい》れの玩具箱《おもちゃばこ》の中で、泊まっていったりする。そんなとき末っ子のピィキィだけは、こわれた鳩時計《はとどけい》の中で寝る
クリクルと小鬼の妖精ギッシュとは、さぞ激しいケンカになっただろうと思うかもしれないが、この二人はまるで仲良しのように話をした。両方とも相手を恐れていないので、そんなふうに見えた。さすがのギッシュ親分も、クリクルとその仲間たちには、手がだせなかった。

ギッシュの子分たちも、そんな親分から、一人離れ、二人離れして、残ったのは、ギッシュの後を追ってやってきた、ジゴクの小鬼たち三匹だけになってしまった。これではもうギッシュ親分も勝手なことはできない。それで、毎年『英雄』になって、威張《いば》ってやろう、と考えた。あの、ムギの一番花をとる競争のことだ。

これはギッシュの得意の仕事だったから、クリクルもかなわないときがある。それでそのあとは、ギッシュ、クリクル、ギッシュ、クリクルの順に、交替で英雄になっている。いまのところはいい勝負だった。英雄になったときのギッシュは、一年間威張って暮らすが、クリクルが英雄になったときは、ふっと旅に出ていったりした。

そしてクリクルは、いつもいたずら坊主サトル少年の味方で、大事な守り神だった。

（以上、ここまでは、サトル少年が作った話だ。全部ではないが大体はこんなふうになる。そして、てのひら島の物語の、『話中話』の部分になっている）

②

（ここからの物語は、およそ先に記した、箇条書きの構想に沿って展開していく）

サトル少年の四年生の夏休み、たった一人で峠山の向こうへいってみた。四年生の男の子にとっては大冒険だ。

やがて、畑に突き刺した竹の棒の先に、ガラスびんをかぶせたものを見つける。サトルは小石をぶつけたくなって、足元を探すが土しかない。たまたま畑には、小さい青トマトが鈴なりになっていた。そのトマトをもいではぶつけた。なかなか当たらない。

「こらっ」とどなり声がして、おじいさんが飛びだしてきた。サトルもおどろいた。いつのまにか、ひどいいたずらをしていた、と自分でも気がついたからだ。

クリクルのやつ、なんで止めてくれなかったんだ、と思ったが、あいつはもともと話の中の妖精だ。とにかく悪いのは自分なんだからしかたがない。

「坊主、お仕置きだ。どっちの手でトマトをとったか」

サトルは両手でとったから、両手を出した。するとおじいさんは、「よし、右だけでいい」といって、いきなりそのてのひらに、持っていた煙管《キセル》の火を、ポン、と上手《じょうず》に落とした。それまで近くで休んでいて、煙草《たばこ》を吸っていたらしい。

刻み煙草の火だから、それほど長く燃えてはいない。それでも火は火だから、いっときはひどく熱い。おじいさんは、サトルが振り払うだろうと思っていたようだ。でも、サトルはじっと我慢した。

これは悪いいたずらをしたお仕置《しお》きだ。お仕置きは、ちゃんと受けなくちゃいけない。

サトルはそう考えていたのだ。そうしなければ、話の中のクリクルも許してくれないかもしれないではないか。そんなサトルを、おじいさんは気に入ったようだった。

「わしの家にいこう。火傷《やけど》の消毒をして、苺《いちご》をご馳走《ちそう》しよう」といった。

火傷なんていっているが、たいしたことはなかった。少し痛いが、こんなのは慣れている、とサトルは思ったが、おじいさんについていった。どこをどう通ったのが、サトルはなにも覚えていなかった。藪の中の細い道は少しずつ上りになり、やがて小さな谷の奥まできた。

「ほれ、あれがわしの家だ」とおじいさんがアゴでしめした。そこには農家らしくない赤い屋根の家があった。

「わしは元船乗りでな。船を降りたら、お百姓《ひゃくしょう》になろうと、決めていたんだよ。いまは息子たちといっしょだがね」

おじいさんは、サトルを一人前の大人のように、そんな話をした。そしていきなり上を向いていった。

「マサ坊《ぼう》、あんまり上まで登るんじゃないよ。枝が折れたらどうする」

そのあたりは少し平らになっていて、合歓《ねむ》の木がしげって涼しそうな木陰《こかげ》になっていた。そこにゴザが敷いてあり、抱き人形がころんと転がっていた。おじいさんはその合歓の木の上に向かって呼びかけたのだ。

サトルも仰向《あおむ》いて合歓の木を見た。木はそれほど大きくはない、下のほうにも具合よくいくつか枝が出ていて、この木ならすいすい登れそうだった。ところが、てっぺん近くから、まるで小猿のように下りてきたのは、なんとちびの女の子だった。

「ほら、じいちゃんの友だちをつれてきたから、挨拶しろや。サトルさんだよ」

「えっ」とサトルはおじいさんの顔を見た。まだ名前なんかいっていない。するとにこにこ笑っていった。

「お前さんの、その夏帽子に書いてある」

「なんだそうか。ぼく、どうしてぼくの名前がわかったのかって、ちょっとびっくりした」

　サトルがそういうと、はっはっはとおじいさんは笑っていった。

「ちょっとここで待っていろや。いま薬をとってくるからな」

　そしてさっさと家のほうへいってしまい、子供二人だけが残された。するとマサ坊と呼ばれていた女の子が、口をとがらせてサトルを見上げた。

「あんたは、ほんとにじいちゃんの友だちなの？」

「うん、お前の、あのじいちゃんがそういうんだから、ほんとだと思うよ」

「ふーん、あんた、なん年生？」

「ぼくは四年生だよ。お前は？」

「アタシは二年生」

二年の女の子にしては、オテンバだな、とサトルはあらためて眺めてみた。真っ黒に日焼けしている。大きなきつい目をして威張っているわりには、可愛い顔だった。

「お前は、マサ坊っていうのかい」とサトルは聞いてみた。すると、そのきつい大きな目をいっぱいに開いて怒った。

「だめ！　じいちゃんのほかの人は、そう呼んじゃいけないの！　アタシはマサコっていうんだから。あんたなんかがマサ坊なんて呼んだって、ゼーッタイ返事なんかしない！」

「わかったよ」と、そのときはサトルもおとなしく、うなずいたのだった。

③

おじいさんは薬箱を持ってきて、サトルの小さな火傷《やけど》を薬で洗い、ヨードチンキで消毒して、絆創膏《ばんそうこう》を貼ってくれた。でもサトルはなんだか邪魔《じゃま》くさくて、すぐはがしてしまう。

そのあと二人の子供は、籠《かご》を持たされ、少し離れた苺畑《いちごばたけ》にいく。おいしそうな苺がたくさんなっていた。なにか機嫌よく歌をうたいながら、マサコが苺を摘《つ》んでいるとき、サトルは呼んでみる。

「マサ坊!」

するとマサコは顔を上げて答えた。

「なあに」

「あれ、ぼくはマサ坊って呼んでもいいのかい」

うっかりひっかかったマサコは、ほんとうに火のように怒った。バカバカバカーッと、息が切れるほどわめき、地団太踏《じだんだ》んだあげく、しまいには泣きだした。

サトルはそれほど怒るとは思っていなかったから、あわてて謝ったりなだめたりした。それでも泣きやまないので、しまいにはこういってみた。

「おとなしくしたら、トクベツおもしろいお話をしてやるぞ」

「ほんと?」

しゃくり上げながら、マサコがそういった。やれやれ、とサトルはほっとしながら約束した。

「ほんとさ。初めのところだけ、お母さんが作って、あとはぼくの作った話だぞ。いままで、だれにも話してやったことなんか、ない話なんだぞ」

「いつ、話してくれるの」

「そうだな、さっきのゴザで苺を食べよう。話はそのあとだな。それでいいか」

「うん、いい」とマサコはいった。

そんなことからやむなくサトルは、クリクルとオクターブ兄弟、それとギッシュの話をしてやった。おじいさんが、いつのまにか蚊取《かと》り線香《せんこう》をたいてくれていた。

「だからクリクルっていうのは、ずっとぼくの守《まも》り神《がみ》なんだよ」と、サトルが話を締めくくると、マサコは「はあーっ」とため息をつき、本当にうらやましそうにいった。

「いいなあ、そんな守り神がいるなんて」

そこでサトルは、ふと思いついていった。

「だったら、ほら、オクターブ兄弟の末っ子の、ピィキィをあげるから、お前の守り神にしろよ。あの子は女の子だから、ちょうどいいや。そのかわり、自分で話を作るんだよ」

　そう聞いたとき、あのキカンボのオテンバのマサコが、なんともいえない嬉しそうな笑顔になって、こういったのだった。

「あのね、あんたはアタシのこと、マサ坊って呼んでもいいよ」

　その後、おじいさんはサトルをつれて、バス通りに出た。思いがけないほど近くにバスの通りがあった。そこでサトルはバスに乗せられた。サトルの町まで、おじいさんが切符代をはらってくれて、サトルの降りる停留所で降ろしてくれるよう、女の車掌さんにたのんでくれたのだった。

　その夜サトルは、家に帰ってきたお父さんに、その日の出来事を話した。するとお父さんは、サトルの右のてのひらに、火傷のあとを丸く残して、墨をべったり塗り、手形をとった。そしてそのわきに、『もうわるいいたずらはしません』と書かされた。

「お前が今日会ったのは、多分お父さんも知っている人だ。今日のことを忘れないように、この手形を大事にしまっておきなさい」

それで手形は、いつもサトルの机の引き出しにある。ときどき出して眺めるのだが、そのたびに、なんだか地図みたいだな、と思う。地理はまだ習っていなかったが、地図を見るのは好きだった。姉さんたちの持っている地図帳も、だまって借りてみたりしていた。

ある日のこと、サトルは手形の上に右手をぴったり合わせて載せ、指のまわりに沿って鉛筆を動かし、きれいに輪郭を書いた。するとますます地図に見えた。

「これは『てのひら島』の地図だな」と、思わず声をあげた。丸く残っているところは、『お仕置《しお》きの湖』か、それとも、ただ『ヤケドの湖』にしようか、などと考え、ここにはだれが住んでいるんだろう、と思う。きっとクリクルたちも、いってみたいだろうな、あのギッシュ親分だって、いきたがるよ。あいつはもともと、旅が好きだからな……。

その年の秋、サトルはマサ坊へのお土産《みやげ》に、大きな赤い色鉛筆を持って、峠《とうげ》山《やま》を越えていった。でも、あの赤い屋根の家はどうしても見つからなかったのだった……。

馨の、いや佐藤暁《さとる》の書いたのはここまでだった。これでは前の『構想』とあまり変わらないが、これから話は急展開するはずだった。といっても、どう急展開するのか、作者にもよくわかっていない。

ただ、話の中の時間は一気に十五年も飛んで、サトル少年は、建築家のサットル氏になっている。そしてまったくの偶然から、あのキカンボでオテンバだったマサ坊と再会するのである。それはもうわかっているのに、どうやって再会させたらいいのか、書き手にはなにもわからない。

佐藤暁としては無理をせず、いい考えが浮かぶまで、気長《きなが》に書きすすめるつもりだった。平塚さんのいったように、書こうという気持ちを持ちつづければ、いつかきっと作品は生まれる。童話作家の卵、佐藤暁もいまそう考えていた。

五　創作と生活と

教師というのは、やたらと忙しい仕事だった。なにしろ相手は生きた人間である。しかもめっぽう活《い》きがいい。数学を教える加藤先生が、たとえば『a＋b』などと板書すると、たちまち抗議の声が上がる。

「センセーイ、いまは数学の時間だよ、英語なんか使わないでくれー」

初めはからかわれているのかと思った。ところが生徒は本気なのだった。

「あのなあ」と加藤先生こと馨も、面食《めんく》らって説明しなければならなかった。

「これはつまり、数字の代わりだよ。だから『代数《だいすう》』っていうんだ。いまのところは、なんという数字かわからないから、仮にこうして、文字や記号を使って、そのまま計算したりする。早く慣れたほうがいいな」

それだけではなかった。一年生などは、マイナスという考えが、まだわかっていない者もいた。ゼロより小さい数、というのがのみこめないらしかった。だから2から3を引く、などということが納得できない。

「引く方が大きいんだから、それは無理だ」という。ふざけているわけではなく、ごく素直な疑問のようだった。にわか先生としては、長いこと教えられる側にいて、教える技術、つまり教え方は、これまでだれにも教わったことがなかった。

やはり教師は向いていない、おそらく役人よりも不向きだろうと思った。それでもなってしまった以上、なんとか工夫していかなくてはならなかった。それに生徒と接するのは、新鮮で意外に楽しかった。女子はどうあつかっていいものかよくわからないので、やや距離をおくようにしたが、わんぱく連中を相手にするのはおもしろかった。

しかし、繰り返すようだが、教師は見た目より過酷な職業である。授業内容を計画記録する教案作りからはじまり、週二十数時間の授業を経て成果を見るためのテスト、試験問題の作成印刷、そしてその採点と記録まで、どれも遊び半分ではできない仕事だった。

そのほか、部活の顧問《こもん》も割り当てられる。体育を担当している石原先生は、もとバレーボールの選手で、当然女子のバレー部を受け持つ。加藤先生である馨は、男子に断然人気のある野球部を持たされた。もちろん軟式だが、前に述べたように、馨は草野球しか知らない。それでもいい、というので引き受けた。

教員の仕事は実に幅が広い。男性教師には宿直勤務というのがあった。毎日交替で宿泊当番をするもので、そのための宿泊施設がある。校長は省《はぶ》かれるので、およそ一週間に一度はまわってくる。

夫婦で勤めている用務員さんがいて、先生たちは、「おじさん」「おばさん」と呼《よ》び慣《なら》わしていたが、宿直になれば、そのおばさんの手料理で、夕食、翌日の朝食、昼食と、三食を供されることになる。宿直には手当てが出るので、それに少し上乗せするくらいで、思いがけないまともな食事にありついた。それが馨には驚きだった。戦後になって初めてといってもよかった。

学校は農作地帯の中心にあり、父兄もほとんどは自作農である。したがって「おらがの学校のセンセなんだから」と、気軽に食料を融通してくれるという。このことも馨には驚きだった。そんな奇妙な日常に巻きこまれ、当分の間は童話どころではなかった。

こうして秋は深まり、恒例の運動会があった。小中合同で行われるもので、学区をあげての一大行事である。若い教師たち――小学校も中学校も――は、準備と運営にこき使われて疲労困憊《こんぱい》した。当日の父兄たちは一家総出で、それぞれむしろを持ってやってきた。

つまりここでは戦前からあった、地域の祭りとしての運動会が生きていたのである。そのあと、それぞれの集落で氏神《うじがみ》さまの秋祭りがあり、先生も招待された。あちらへいってこちらはいかない、というのは許されないそうで、とにかく顔だけは出すように、といわれた。しかし顔を出せば終バス——七時半だった——に乗れなくなり、どこかに泊まらなくてはならなくなる。

しかも馨は酒がだめだった。アルコールには強く、かなり飲んでも乱れなかったのだが、なぜかアルコールそのものの味が嫌いだった。日本酒にも焼酎《しょうちゅう》にもその味が喉に残り、気分が乗らなかった。ビールはその味がやや薄く飲んでもよかったが、なんとなく水を飲んでいるようで、もったいない思いがした。

こうして少しずつ学校というシステムに慣れ、忙しさに追いまくられながらも、なんとかこなしていけるようになった。少し余裕ができたら、あの書きかけの『てのひら島の物語』の続きを書こうか、などと考えているところへ、長崎源《ながさきげん》ちゃんから葉書がきた。こんな文面だった。

『……十二月二十五日のクリスマスに、平塚《ひらつか》さんがすき焼きパーティを開いてくれるそうなので、サットルもぜひ出席してほしい、とのことです……』

どうやら芳隆《よしたか》くんのための催《もよお》しらしかった。二十五日はもう冬休みにはいっているし、さいわい宿直番でもなかった。サットルは喜んで出席の返事をだした。あれから平塚さんには会っていない。会ってあの皮肉交じりの話が聞きたかった。

出席者は長崎、いぬい、神戸《かんべ》、それと池田先輩もくるという。どうやら長崎源ちゃんは——多分いぬいさんも——しばしば平塚さんを訪ねているようだった。

第七章

一　長篇志向

サットルは芳隆《よしたか》くんへのプレゼントを、なにか持っていきたいと思ったのだが、なにも考えつかなかった。源《げん》ちゃんなら、ノートでも画用紙でも選べるだろうが、サットルにはなにもない。しかたがないので、いつものように手ぶらでいくことにした。

会は三時ごろからはじまっていた。サットルはやや遅れていったが、平塚《ひらつか》さんの前ということもあってか、みんなは真面目に児童文学論を交わしていた。実をいうと、サットルは日本の児童文学について、大きな不満を持っていた。単純にいえば、我が国には長い童話がない、ということだった。

本好きの子供だったころから、読んでも読んでもなかなか終わらないような、そんな長い長い童話――長篇児童文学と言い替えてもいい――に憧《あこが》れていた。外国にはそういう作品がいくらでもあるのに、我が国には、これといったものがないではないか。だったら自分で書いてやろうと、早くから考えていたのである。

だがそのことは、めったに口外しなかった。もちろんその日もだまっているつもりだったが、みんなに催促《さいそく》されて、ほんの少しだけ意見を述べた。およそ次のようなことである。一口に講談社文化などといわれるが、少年倶楽部《くらぶ》に代表される『おもしろくてためになる』読物を、児童文学界ではなんとなく排斥《はいせき》する気風がある。これは見直す必要がありはしないか。おもしろいからといって芸術性を損なうわけではない。当然子供におもしろいものでなくてはならないが、なおかつ昔子供だった者の鑑賞にも、充分堪《た》えるものであるべきだ……。

平塚さんもそのことには、好意的な相づちを送ってくれたし、ほかの仲間も同感、といった。しかしサットルの意見はそれだけで、肝心の長篇待望論には触れなかった。いささかはばかるところがあったためだ。

長崎源《ながさきげん》ちゃんには、「ぼくはいつか大刀《だいとう》一本引《ひ》っ提《さ》げて世に出る」、などといったことがある。しかし源ちゃんには、サットルがどういうことをいっているのか、よくわからなかっただろうと思う。サットルもそれ以上のことは、なにも説明しなかった。

平塚さんをはじめ先輩児童文学者の人々は、およそ短篇作を書くことに、精魂《せいこん》をかたむけてきたように見える。発表の場がほとんど短篇にかぎられていたから、ということもあったかもしれない。

それがいつからかおもしろさの追求を捨て、より文学的な童話であろうとして、童心主義童話や生活童話などを生んだ。たしかに文学としては高い水準に至ったものの、結果的に子供にそっぽを向かれて、なんのための児童文学なのか、わからなくなってしまっている。

サットルなりに現代児童文学を、およそ以上のように分析し理解していた。しかし未熟者のいうべきことではない。サットルの生みだすべき作品は、まず『子供にも』よくわかる、すぐれた文章で書かれなくてはならない。

その文章力が、自分にはまだまだ身についていなかった。そんな自覚があって、親しい仲間にも大きなことはいわないようにしようと、つねに自戒していた。もとから長篇志向であることを、ほとんど表明しないのも、まだまだそんな資格はない、と思っていたからだった。

やがて芳隆くんと奥さんも加わり、すき焼きパーティーがはじまった。小さなグラスにウイスキーが注がれたが、サットルは口をつけてみた。この洋酒は初めてだったが、燻《くすぶ》ったような香りが、嫌いなアルコールの味を消している。これならサットルにも大丈夫だった。

源ちゃんもいぬいさんも、ほとんど酒はいけない。神戸《かんべ》さんは嫌いではないが、多くは飲めないという。画家の池田先輩は、飲んでも酔わないから飲まないのだそうだ。平塚さんは自称底なしの呑《の》み助《すけ》だそうだが、さすがに芳隆くんの前では、ひかえているようだった。その平塚さんがふといいだした。

「ただ集まって話をしているのも、つまらないですね。どうです、これだけの才能がよっているんだから、同人雑誌でもはじめたら」

「あら、すてき」といぬいさんが真っ先に賛成した。源ちゃんも笑いながらいった。

「そりゃいい考えですね。どう、神戸さん」

「いいですね。サットルはどう思う」

神戸さんはそう聞いてきた。同人誌というのはたしかに興味があるが、それなりに費用もかかるだろう。神戸さんはそれとなくサットルに負担できるか、たずねてくれているのだった。そしてこれには理由があった。

つい最近サットルをのぞく三人は、平塚さんの推薦で、日本児童文学者協会にはいっていた。そのことをサットルは、めずらしく神戸さんからの葉書で知った。その葉書で神戸さんは、サットルも同協会にはいるようすすめていたのだが、サットルはことわった。

本音はかなり高額の入会費、会費を敬遠したのだが、そうもいえないので、自分はどこにも所属しないつもりだ、と返事をした。実は童話会もすでに退会している。しかし苦労人の神戸さんは、そんなサットルの内情を悟っていて、心配してくれているのだった。

「結構ですね」とサットルは答えた。最年少のサットルとしては、おなさけで同人にしてもらう、などというのは真っ平御免《まっぴらごめん》である。堂々と同人になって、気軽に意見を聞いたり、相談したりできる仲間になる、というのは悪くない。

いずれ同人誌は年に二回ほどの発行だろうし、それもガリ版刷《ばんず》りで五、六十部くらいか。それならたいしたことはない。制作費のほかに郵送費もかかるが、四人で負担するのだから、なんとかサットルにも、都合のつく程度だろう。同人誌というのは、なんとも心惹《こころひ》かれる企《くわだ》てではあった。

二 同人誌『豆の木』創刊

「絵描《えか》きもぜひいれてほしいですね。文はだめだが、表紙用の版画を引き受けましょう。

画家としての実験の場としてもおもしろい」

池田先輩がぼそぼそと口をはさんだ。平塚さんは嬉しそうだった。にこにことつけくわえた。

「誌名は、たとえば『豆の木』なんていうのはどうです。天まで届くように」

「いいですねえ」と源ちゃんがいい、たちまち決まってしまった。そのときはサットルもいい誌名という気がした。しかしあとで考えてみると、『ジャックと豆の木』の豆の木は、天まで届いたあと、たちまち伐《き》り倒《たお》されてしまう。せいぜい倒れないように、気長に続けたいものだと、サットルは考えた。

さっそく、編集会議のような話し合いがはじまった。サットルには広報誌『横浜体育』の編集経験があるが、最年少者としては、出しゃばらないように注意しながら、もっぱら応援団にまわった。みんなの意見を聞いて、賛成のときは大声でサンセーイといった。あとで源ちゃんに、「サットルもあのときは意欲満々だったな」などといわれたが、サットルとしては少しちがう。

毎号同人は短篇をひとつ提出すること、といわれたときは、サンセーイといわなかった。ハンターイともいわなかったが、前述したように、もともと短篇にはあまり興味がない。

鳥にたとえると短篇は雀《すずめ》だ。優美さを加味してもせいぜい燕《つばめ》だ。そんなのをいくら書いたって、先人を抜くのは容易でない。

サットルとしては、そんな小鳥のような作品ではなく、少なくとも鳶《とび》、できれば白鳥か大鷲のような作品が書きたかった。

「短篇っていうのは、どうもぼくの場合、創《つく》るというより、生まれてくるもののようなんで、いつ生まれるか自分でもわからない。だから、いついつまでにひとつ書け、なんていわれても、多分困るんだよね」

サットルは一応そんなことをいってみた。しかし、みんなから総反撃を食った。だれだってそうだ、だから作家は常住坐臥《じょうじゅうざが》、話のタネを得るために思索し読書し観察し、いつでも応じられるよう、努力するものではないのか、作家の卵なら、なおさらそういう心がけを持つべきである、というのだった。

意欲がないわけではないが、そういう意味で『満々』とはいかなかったのである。どう考えても、同人誌に長篇を一気に載せる、というのはむずかしい。それに長篇作を書くといっても、もちろんいますぐというわけにはいかない。ただ同人に加わることで、少しでも創作技法を向上させたかった。

「だったら、サットルには評論を書いてもらいましょうよ。ほらさっき、講談社文化にからめて、いいことといったから、あれをまとめてもらえばいいんじゃない。創刊号はそれでいきましょうよ。だってあの考えは、私たち『豆の木』同人みんなの意見でもあるし」

いぬいさんがそういった。この聡明《そうめい》な女性は、サットルの目指しているところを、およそ察していたのかもしれない。多分この人にも長篇童話志向があったのだろう。ほかの人たちが、このいぬいさんの意見に賛成し、たちまちサットルは、評論と称するものを書くことになってしまった。

それまで評論めいた文章など、一度も書いたことがない。相手があって議論をするのはおもしろいと思うが、自分の考えた小理屈《こりくつ》――としか思えなかった――を、順序立てて読者に伝わるように書けるかどうか、まったく自信がなかった。これは短篇を書くよりむずかしいと思ったが、やってみるほかはあるまい、と覚悟したのだった。

そして……。

『豆の木』創刊号は、翌年二月に第一号の見本ができた。ガリ版刷りながら、池田仙三郎先輩の見事な版画に飾られた、美しい雑誌だった。加藤馨《かおる》こと佐藤暁《さとる》は、命じられたとおり、『対象についての一考察』と題した、一文を載せた。かなりの悪文だが、思うところは書けたような気がしていた。

入会費は百円、会費は月額五十円だった。そのころのサットルの月給は四千数百円で、ほかに家族手当があっても五千円にはとどかなかった。その中からの五十円は、響くような響かないような、微妙な額ではある。もっともこのころはインフレが進んでいて、まもなく大幅な昇給があったのだが、それはやや後になる。

代表者は年の順で神戸さんがなったが、編集制作は長崎源ちゃんが引き受けていた。源ちゃんの旺盛《おうせい》な創作意欲は、いくらでも作品を生みだせるようだった。堰《せき》を切ったように、という表現がぴったりする。サットルとしても、その創作力には正直感服していた。

しかし、勢いにまかせて、ほとんど月刊で発行するのには驚いた。だからといって会費が上がるわけではないので、その点はよかったが、そのつど作品の催促をされるのにはまいった。やむなく第二号に、一篇の作品を仕上げて送った。

実のところこの作は、サットルにとって新しい方向をしめす、指標のような役をした。その意味でも豆の木同人、長崎源ちゃんには感謝しなければならないだろう。その作品が、なぜ、どういうことから、指標になったか、その行立《ゆくたて》についてはいずれ触れる。

そこでとりあえずその作品、『井戸のある谷間』を、そっくり次に載せておくことにする。ただし文字使いや句読点の位置、誤字脱字、製稿者《せいこうしゃ》の読み誤りや勝手読みと思われる部分は、サットルの手で修正してある。

三　『豆の木』第二号から

井戸のある谷間

深い谷間も、そこを這《は》って来た町も、行きづまって駆け上がりになるところ――。

＊

日当たりの良いほうの斜面の頂上に、ふと、人影が現れる。
やがて、うすいセーターを着た一人の若者が、軽そうなリュックを背負って、長い棒を振り振り、粗末な石段を下りてきた。

足には、短い皮ゲートルをつけていたが、そのゲートルまで、ほこりで真っ白になっているところを見ると、もうずいぶん歩いてきたようであった。

そのくせ、大してつかれてはいないと見えて、その美しい谷間を、のぞき込み、のぞき込みしている。

若者の足もとには、奇妙にくねって茂《しげ》る常緑樹の大木があり、その下に、小さい赤い屋根が、チラリと見える。

その屋根のうしろから、右へのぼっていくゆるい斜面が見えるが、向こう側は、急角度に日かげの山がのしかかり、若葉が、もくもくと重なっていた。

とんとんと、至極《しごく》のんきそうに、赤い屋根の小さな家の前までやって来た若者は、ちょっと立ち止まって考えていたが、すぐに、マサキをよく刈りこんだ垣根の外から、大声をあげた。

「こんにちはあ」

「はい」

おどろいたように、短く返事があって、泥だらけの片手に、移植ごてを持った娘が、垣根のそばに立ち上がった。

「やあ、そこにおられたんですか。おどろかしてすみません。あのう、実は山の向こう側の海岸から、山をつっきってやってきた者なんですが、水を一杯のませてくれませんか」

若者は、相手の見知らぬ娘が、まぶしそうに手の甲で髪をかき上げるのを見て、すっかりあわてながら、そういった。

その娘は、ニコニコして答えた。

「どうぞ。だけど——なるべくなら、冷たいのがいいんでしょ」

「ええまあ」

「それなら井戸へ案内しましょう。ちょっと待ってください。手を洗ってきますから」

そういって、娘は、こてを土につきさし、手をパタパタと払いながら、身軽く家のほうへかけていった。

やがて娘は、片手に空バケツを持ち、片手にコップを持って、若者について来るよう合図した。

家の前の、草花の植わった庭を通り抜け、細い坂道をのぼっていくと、傾斜の強い日かげの山すそを、深く切れこんだ小川が流れているのがわかる。

この小川に沿ってついている細道を、なおのぼると、ほんの少しばかりの広場がある。広場というには、せますぎるかもしれないが、ここのすみに、大きな柿の木が一本あった。根もとは臼《うす》のように太く、地上二尺《しゃく》あたりから、三つまたに分かれている。そのうちの一本が、この広場の上を、天がいのようにおおっていた。

「井戸って、こんなに離れているんですか」

「ええ、ちょっと離れています」

二人は、その自然の天がいの下をくぐりながら、そんな話をした。娘は、右に曲がって、小川をさかのぼる。

「僕のために、仕事の手を休ませてすみませんね」

「いいえ、どうせ水は、汲《く》みに行かなきゃならないんですから」

「そうですか」

若者は軽くうなずいて、急におどろいたように顔を上げた。

「汲みに行くって、毎日ですか――、いやそのう、あなたの家では、いつもわざわざこの道を運ぶんですか、水を」

「そうよ、しかたがないんですもの。――さ、ここです」

柿の木から、二十歩ほどいったところに、一段高く、危なっかしい橋が掛かっていた。

小川は深く落ちこんでいるので、橋は三メートル位はある。

「やあ、こりゃおもしろいところにあるな」

若者はそういって、橋のそばにかけより、向こう側のうす暗い椿《つばき》の木の茂みを、うかがった。

そして、そのまま先に立って橋を渡った若者は、自分が椿の木で、頭の上も周囲も、すっかり取りかこまれるのを、楽しそうに見まわし、岩を切って作った、足場の奥に、山に片寄《かたよ》せて、古い井戸があるのを見つける。

すぐにそのふたをとり、この井戸にふさわしい古つるべで、たくみに水を汲みあげ、娘の手渡したコップへ、ザアーッとこぼしながらついでは、うまそうにのみほした。

ズボンのポケットから、大きなハンカチを出して、口のまわりを拭き、ついでにそれをぬらして顔を拭いた。

娘のこぼしてくれる水で、ハンカチを洗いながら、若者は聞いた。

「ここから水を運ぶんじゃたいへんだねえ」

「そりゃたいへんだわ。でも水道は無いし、ここのほかに、いくら井戸を掘っても、この辺では水が出ないんです」

「そうかあ」

若者は、ふりかえって、あらためてあたりを見まわした。

ひやりとするしめった空気と、青い滑らかな苔《こけ》と、うす緑色の変わった植物——羊歯《しだ》の一種——や、したたり落ちる水の音が、ここにはしっくりとおさまっている。

この井戸のそばに立って、日のあたった明るい斜面のほうを眺めるのは、ちょうど、穴倉の中から外を見るように、美しくまぶしいものだった。

椿の木の、黒いアーチ形の枠の中に、向こう側の山が半身に構えて見え、左側の、二段にきざまれた斜面は、野菜の青い筋が、ゆるいカーブを描いて、数本見える。

　右手には、細道の向こうに、赤い屋根が少しのぞいていて、その屋根の上には、先刻、若者が、上から見下ろした、妙な木がのしかかっている。

「あの木はなんの木ですか」

「どの木？」

「あの家の上にある――」

「あれはミカンの木です」

「ミカン？　ミカンの木なんですか。それにしちゃめずらしい大木だなあ。でも実はならないんでしょうね」

「いいえ、小さいのがたくさんなるわ。すっぱくて、あまりおいしくないけど」

　娘は、バケツに水を汲みおえて、振り向いた。

　そのとき若者は、なにを思ったか、ひざをついて身をかがめ、頭を地面につけんばかりにして、しきりに何事かしらべはじめた。

　しばらくして、不思議そうにしている娘に気がつくと、若者は笑いながら立ち上った。

「この井戸は、地面から水面まで、どの位あったっけね」

娘はすぐ井戸をのぞきこんだ。若者も近よってきて、首をかしげながらのぞいた。

「地面からだと、ざっと二メートルだね。しかし、いつもこんなにたくさん、水はあるんですか」

「そう。どんなひでりでも、この井戸はこの位あります」

「それならうまいな」

若者はそういって、赤い屋根のほうを指さした。

「あのミカンの木の、いちばん下の枝あたりが、だいたいこの場所の高さと同じです。だから、あれから約二メートル下がって、ちょうど、あなたの家の天井裏あたりと、この井戸の水面と等しいわけです」

娘はこう説明する若者の顔を、じっと見ながら、目を輝かせていった。

「それはどういうことなんです。この井戸から、家へ水が引けるんですか」

「そうですよ。電気もポンプもいりません。鉛管《えんかん》というのを知っているでしょう。水道に使う管ですが。あれさえあれば、これだけ落差があるんだから、充分水はあがります」

娘は非常に感動したようすで、息をはずませてつぶやいた。

「そうすれば本当にありがたいわ。すばらしい思いつきね。さっそく兄さんに話してみるわ」

「兄さんがいるんだね。本当にそうするといいよ」

「でも」

ふと気がついたように、娘はいった。

「それには、やっぱりお金がかかるわね」

「そうだねえ。ここからあそこまで――直線で二十二、三メートルかな。鉛管もなかなかたいへんだし、それにこれだけの長さを掘って埋めこまなくてはならないし――、もっとも鉛管さえあれば、あとはどうにかなるけど」

若者は、いつもそういう仕事を、あつかっている人でなくてはいえない、自信のある口調で答えた。

娘は、だまって目を伏せて、バケツを持ち上げた。

「僕が持って行こう。水のお礼に」

若者がいうと、娘は素直にバケツを渡した。若者はそのまま、ぐんぐん一人で先を歩き、家の前まで運んでしまうと、娘を振り返っていった。

「どうもごちそうさまでした。そのうちにきっといいことがありますよ」

そして頭を下げると、駆け下りて行ってしまった――。

しかし、その若者の胸の中には、こんな考えがうずを巻いていた。

あの谷間は、まったくすばらしい。井戸もすてきだった。井戸へ行く道も、途中の柿の木の広場も、小川にかかった、危なっかしい橋も、それからあの大きなミカンの木も、赤い屋根も。

それに――、とにかくあれだけ揃《そろ》った場所は、世界中にもそう多くはあるまい。

そこへもう一つ、私設水道だ。これがあれば、もう世界一になるじゃないか。

すばらしい、まったくすばらしい。よし、鉛管をなんとかしよう。知り合いを通せば、安く手にはいるにちがいない。

あの家の番地も、よく見てきたから、送ってやろう。

そして、いつかまた僕は、どうしても、ここへやってこなくてはならない。兄さんがいるといった。しかし一人では無理だ。そのとき僕も手伝いに来ようか。来ないほうがいいかな。
まあそれはいいや。とにかく一日でも早く、なんとかしなくてはいけないんだ――。

＊

若者のあとを追うように、日がかげって、井戸のある谷間に、夕暮れがやってくる。

四　盲亀《もうき》の浮木《ふぼく》

この作品を書いた後、この二人の若い主人公たちの子供時代を、さかのぼって書いてみたい、などと思いついたのだったが、教師としての仕事にとらわれていて、じっくり考える余裕がなかった。

それでも、天啓《てんけい》のようにふいに気づいたことがあった。それは書きかけの『てのひら島の物語』の、あの少年と少女が、成人して再会する舞台として、逆にこの『井戸のある谷間』が使えるではないか、ということだった。

それで試しに書きだしてみたのだが、なぜかうまくいかなかった。時間もなかったが、なにかちがうなあという思いが残った。しかし方向はこちらで誤っていない、という感じは、依然として強かった。佐藤暁としては、これを宿題にしようと決めたのだった。

一方、加藤馨としては、新学期を迎えていっそう忙しくなっていた。教員の移動があり、藤沢から通っていた松本先生が、市内の中学校に転任した。代わりにベテランの男性教師と、新任の女性教師がくることになった。二人とも国語が専門である。

実は前学期の終わりに、安井副校長が朝の打ち合わせのとき、教員移動についてこんなことをいっていた。

「新学期からくる新任の国語の先生は、ちょっとびっくりするような、理知的な美人ですよ。それでJ女専の国文科を首席で出ています」

へーえ、というくらいの気持ちで馨は聞いていた。そんな才色兼備《さいしょくけんび》の女性が、なんでこんな辺鄙《へんぴ》な、ちっぽけな学校にくるんだろうと、やや納得がいかなかった。馨だけでなくみんなの疑問だったが、副校長はそれと察したとみえ真面目に説明した。

「国語科は希望者が多くて、まあ狭き門なんですね。この先生は横須賀《よこすか》の人で、いくらなんでもここは遠すぎるからって、ことわってきたんです。しかし、こんな逸材《いつざい》は逃したくないと、校長と相談しましてね、昨日お宅まで説得にいってきました。それでなんとか、きてくれることになったんですよ」

副校長は嬉しそうだった。馨は幼少年時を横須賀で過ごし、小学校五年のとき転校した。そんなことから、横須賀とは懐かしいではないかと思いながらも、あの町から通うのはたいへんだろうと、いささか同情したのだった。

四月の始業式当日、その横山愛《よこやまあい》という女教師に会った馨は、そうか、この人なんだ、と悟った。この人が自分の伴侶《はんりょ》になる人だと、一瞬で理解した。そしてなぜか、相手もまったく同じことを考えている、というのが同時にわかった。

馨の独《ひと》り合点《がてん》ではない。うまく説明はつかないのだが、波動のようなものだった。そんなことがあるものかどうか知らない。とにかくそれが起こった。この人は初めて会う職員一同を、生真面目《きまじめ》に一人ずつ見ていった。そして馨にだけ、こくんと、ひとつうなずいた。

以後二人とも、将来のことや互いの家族構成のことなど、ことさらには触れなかった。なぜかわからないが、それについて、話し合ったり確認し合ったりする必要は、まったくなかったのだ。二人はごく普通に、同僚として付き合っていればそれでよかった。いずれ伴侶となるのはすでに決まっていて、何年か先のこと、というのも理解していた。

「まるで盲亀《もうき》の浮木《ふぼく》ですね」と、横山愛先生が馨に向かって、そんな一言をぽろりといったことがある。それっきりだったから、たとえ周りに人がいたとしても、なんのことかわからなかっただろうと思う。

「そう、優曇華《うどんげ》の花かな」と馨は答えた。これが対句《ついく》で、どちらもめったにないことを意味する。そんなやや雑学的知識のレベルも、よく似ていた。たしかに二人の出会いはめったにないことで、どちらかがどこかで、ほんの少しでも進路変更をしていれば、会えなかったはずだった。

横山愛先生はなるほど『理知的美人』だった。小柄だがどこか南方の欧亜混血児《おうあこんけつじ》を思わせる、彫りの深い顔である。気さくな中沢《なかざわ》先生が、「横山先生はアイノコみたいなお顔立ちですね」、というと、きっとなって、「わたくしは純粋の日本人です」と答えた。そういうときはきつい目つきになって、相手をにらむように見る。

「いや怒らないでくださいよ。私は褒《ほ》めたつもりなんだから。しかしそれにしても、鋭い目つきですな」と、中沢先生が遠慮なく評した。すると横山先生はいった。

「そうなんです。子供のころからよくいわれました。怒ってなんかいないのに、愛ちゃんが怒ってるって。だから母がいってましたよ。わたくしには、『怒り虫』がついているんだそうです」

そして笑った。笑うと怒り虫などは一気に消えて、ぱっと花が咲いたようになる。この会話は馨も近くにいて聞いていたが、この人は多分、縄文系なんだろうなと、いくらか古代史をかじっていた馨は思った。それにしても『怒り虫』という言葉はおもしろく、心のどこかに引っかかった。

年齢は馨より二歳下だが、専門学校卒業は同じ年だった。馨は中学五年卒後、旧海軍の、水路部技術者養成所というところにはいった。しかし敗戦その他いろいろあって、その翌年専門学校に進んだのに対し、あちらは戦時特例により、四年卒で進学した口である。

安井副校長によれば、一年間は給料のいい占領軍の事務をしていたが、子供のころからの憧れだった教師になりたくて、今年志願したそうだ。

成績は抜群ですぐに採用されたのだが、なんでこんな遠い小さな学校へ、わざわざ赴任することになったのか、自分でも不思議だったらしい。それがたちまち氷解して、『盲亀の浮木』という一言になったようだ。

ついでに述べておくが、この言葉は仏典から出たもので、俗に使われるときは、盲目の亀が深海から浮き上がってきたところ、たまたま大海を流れていた木にぶつかった、ということ。これはめったに起きないにちがいない。

五　虫たち

加藤馨の身辺は、思いがけないほど落ちついたものになった。だからといって馨は、教師という職業に一生を託すつもりはなかった。いずれは抜けだすことになるだろう。しかしあわてる必要はなかった。いまはここの環境も捨てがたかったのである。

そのころ同人誌『豆の木』は、前述のようにほとんど月刊で発行された。雑誌という以上は、月に一冊出さなくては、というのが長崎源ちゃんの主張のようだった。それが佐藤暁ことサットルには、つまらない思い込みのような気がして、どうも賛同できなかった。

しかも、そのつど短篇作を提出するようにと、矢《や》の催促《さいそく》をされる。同人としてなんの助力もしていない身としては――新米教師にはそんな余裕がなかった――文句のいえる立場にはなかったが、やむを得ず短篇には興味がないことを、はっきり手紙に書いた。源ちゃんにはあまり遠慮がないので、こんな文言になった。

『短篇は、いわば雀《すずめ》か燕《つばめ》のような小鳥でしょう。ぼくはそういう小鳥より、白鳥か大鷲のような、長篇を目指したいと思っています。そういえば昔の人も、似たようなことをいっていますね。燕雀《えんじやく》イズクンゾ鴻鵠《こうこく》ノ志《こころざし》ヲ知ランヤ、でしたか。いや、これは意味するところが、少しちがっているようです』

いつもの自説を述べただけだが、つけくわえた漢語文はジョークのつもりだった。しかし源ちゃんは大いに腹を立てたようだった。折り返し返事がきた。

燕雀としては鴻鵠の志はわからないが、未納の会費を送れ、それで豆の木は解散する、ということだった。このことでは、いぬいさんがカンカンになっている、などとつけくわえてあった。会費はすぐ送ったが、ほかのことは説明するのも面倒で、そのまま放っておいた。そんなことはどうでもよかった。

しばらくは同人――元同人か――とも会わなかった。源ちゃん、いぬいさん、神戸さんたちは、児童文学者協会の新人会にはいって、毎月の定例会に出ていたようだ。たまに心優しい神戸さんから、そんな情報がはいったが、そのほかはなんの連絡もなかった。

加藤馨は新一年生のクラス担任を命じられ、いっそう気ぜわしく、しかも充実した日々を送っていた。気持ちが高揚していたのだろう。しきりに作品を書きたくなった。これは以前からの傾向で、たとえば学校時代の試験期、勤めに出て業務に油がのっているときなど、なぜかしきりに童話が書きたくなる。

多分そういうときは、心のボイラーの圧力が上がっていて、その力が創作意欲にまで影響をおよぼすのだろう。加藤馨から佐藤暁に切り替えるには、四十分ほどのバスがたいへん役に立った。あれこれストーリーなどをひねくりまわすには、もってこいの時間だった。

もちろん横山愛先生とは、朝いっしょになるだけで、帰りはほとんど同行しない。この先生は校長の考えで、四時半のバスに乗せることになっていた。終業の打ち合わせを、そのころまでにすませるのだが、ときには延びることもあって、五時半のバスになることもあった。

「かまわないから、時間がきたら、そっと席をはずしなさい」といわれていたようだが、そうしたのを見たことはない。馨はたいてい六時半のバスで帰った。ときには七時半の終バスになることもある。またそのバスをのがしても、一・五キロほど戸塚《とつか》に向かって歩けば、十時まで三十分置きにバスのくる、終着停留所があった。

そんな時間までなにをしていたかというと、やっかいな教案作り、テストの問題作りや採点などだが、学校の仕事を家に持ち帰りたくなかっただけだ。その後は宿直室で碁《ご》を打ったり、小学校の職員室へ遠征して、将棋を指したりしていた。一日の緊張がこんなことでほぐれた。

そのころには馨もいくらか小遣いがあり、菓子パンなどをみんなで買って、みんなでかじったりした。自分はどう考えてもたいした先生ではないと、馨は充分承知していたが、横浜でいちばん小さな中学校ならこその、ゆったりした時間が流れていて、それが実にありがたかった。

そしてある日、帰りのバスの中で佐藤暁として、とりとめもなく考えをめぐらせているとき、ふいに浮かび上がった言葉があった、『怒り虫』だった。

ああそうか、とひらめいた。『てのひら島の物語』の行き詰まっている理由が、これで解けたように思った。あれは『妖精』がいけないんだ。いくら好きだからといって、西洋のものをそのまま日本に持ってきて、なじむわけがない。妖精はやめだ。その代わり

『虫』をもらおう。

クリクルは『いたずら虫』、こいつはクルクルとしてもいいか。『怒り虫』にも名前をつけよう。プンでいいかな、ほかに『泣き虫』もいいな。名前はアンアンか、それともシクシクかな。『いばり虫』、『やきもち虫』もいい。そういえば『仕事の虫』なんていうのも、昔からいるな。子供には『点とり虫』がいるし……。

虫の姿もあれこれ考えた。伏せているときはまったく虫――いろいろな昆虫――のようだが、立ちあがると羽根を背負った小さな人だ。サットルの空想はたちまち広がって、新しい『てのひら島の物語』がととのいはじめた。

主人公にしていた『建築家のサットル氏』も、引っこめる。そんなこだわりは捨てよう。名前は日本の男の子の代表『太郎』かな。ついでに女の子も名前を変えよう。どこかの調査で、いま日本にいちばん多い女子の名は、『ヨシコ』だとあった。それでいい。

子供のころの出会いは、ほとんどそのまま、名前を変えるだけでいい。大人になってからの再会の場面だが、この舞台は予定どおり、『井戸のある谷間』を手直ししてまとめよう。

六　忘れられない着想

一月半ほどかかって、草稿《そうこう》は我ながらうまくまとまった。清書をすれば原稿用紙にして、百枚をかなり越えるだろう。サットルとしては大長篇である。そこで『てのひら島はどこにある』と、新しい題をつけ、清書はせずに草稿のまま、机の引き出しにしまいこんだ。

この草稿をすぐ清書しなかったのには、理由が二つある。そのひとつは、草稿のあちこちに残っている、その時々の作者の思い入れや諦《あきら》めや、迷いの果てに選択した跡などを、消したくなかったからだ。もうひとつは単純に、もっと文章力が上達したとき、文に磨きをかけながら清書しよう、と考えたためだった。

実のところ、清書はかなり後になっておこなったが、この作の詳細については巻末の付録で述べるので、そちらにゆずる。それにしてもこの形式の作品は、これでようやく卒業、という気がしていた。これまでにいくつか想を立てては書き、『終わり』と書きつけたものだけでも三作ある。

しかし未熟ということもあってどこか不満だった。それがようやく仕上がった、という気がしていた。なんといっても、『井戸のある谷間』という、先行作品があったこと、それに『怒り虫』の登場が秀逸《しゅういつ》だった。これについては、いつか横山愛先生に、お礼をいわなくてはなるまい、とサットルは思った。

いま『この形式』といったが、つまりは作中に『話中話』がはいりこみ、その中では非現実の魔性のもの――妖精や小鬼や怒り虫の仲間たち――が登場する。いわば物語が二重構造になっていて、作中の現実世界と話中話のメルヘン風世界とが、互いに交錯する形式、ということだ。

それが書いても書いても満足できずにいたのだったが、どうやらこの草稿で、集大成されたようだった。サットルとしてはそれだけで、たいへん嬉しかったのだが、やがてふっと考えついたことがある。

そんな話中話の中のことでなく、現代の現実世界に、そういう魔性のものが、自由に飛びまわっているような、そんな物語のほうが、はるかにおもしろいのではないだろうか。

これこそサットルこと後の童話作家、佐藤暁にとって、その後の進む方向を決めた重要な着想だった。そんなことができるかどうか、自分でもわからないが、試みる価値はあるだろう。

着想といえばもうひとつ、まだ十代のころの忘れられない着想がある。当時馨は、妖精か小人のごときものが、日本にもいるのではないかと調べてみた。たとえば一寸法師などがその代表だが、小人の――あるいは妖精の――一族はみつからなかった。ただ、一つだけ思いあたったのは、たしかアイヌ神話にそんな小さな神様たちがいたっけ、ということだ。

コロポックル、あるいはコロポックンクルとも呼ばれる神で、当時の馨にとっては、まことに願ってもない存在と思われた。馨――つまり後のサットル――の両親とも北海道育ちで、この神様の話は、幼いころから聞いていたのである。

しかし、残念ながらコロポックルは、宇野浩二《うのこうじ》（一八九一～一九六一）作の『蕗《ふき》の下の神様』という、傑作童話がすでにあり、人真似《ひとまね》するような気がして、馨としてはすぐに放念した。なお宇野浩二は、『コロボックンクル』と表記している。

この先人の作がなければ、あの神様の一族はぴったりなんだがなと、再びサットルは考えた。しかし『蕗の下の神様』は、あまりにもよくできた童話だった。どうしたってそのままいただくわけにはいかない。

こんな話が、日本の神話にもあればいいのに、などと考えたのだが、思いあたる話はなかった。それでも、もう一度日本神話を渉猟《しょうりょう》してみようか、などと思ったりした。

実はそんなきっかけが、後になってサットルに貴重な収穫をもたらす。ことのついでに一つだけここで述べておくが、古事記に登場する少彦名命《すくなひこなのみこと》について、ふと気になる記述に会い、くわしく調べてみた。

この小さな神様は、ガガイモの実の莢《さや》を舟にしたという。ガガイモとは、どこにでも自生するツル性の野草で、豆の莢に似た十センチあまりの実をつける。それが枯れて二つに割れた片方を、水に浮かべて舟にする。ところがコロポックルも、イケマという野草の実の莢を舟にするのである。

そこでイケマを調べてみると、なんと『イケマはアイヌ語でガガイモのこと。ガガイモの北方種』とあった。これは多分同じ神様だとサットルは考えた。アイヌの人たちはコロポックルと伝え、大和《やまと》の人は少彦名命と伝えたのだろう。

実はこのほかにも傍証らしきことは、いくつも発見しているが割愛する。とにかくサットルは、このとき自分の『妖精』を発見したのだったが、かなり後のことである。

第八章

一　いつかは書ける

　さて、話をもとにもどすが、新しい着想を得たとき、ふいに平塚《ひらつか》さんの言葉が浮かんだ。書こうという意志を持ち続ければ、いつかは書ける、といっていた。そういえば平塚さんとは、昨年のクリスマス以来会っていない。なぜか無性《むしょう》に会いたくなった。

　夏休みにはいって最初の日曜日、サットルは出かけていった。平塚さんはだいたい日曜日なら家にいる。出版社が休みなので、平塚さんの好きな出版社まわりはできない。このたびは母と相談して、手土産《てみやげ》を用意してもらった。

　以前と同じ古い木戸を開けて庭にはいると、平塚さんは見覚えのある浴衣《ゆかた》姿《すがた》で縁側に座りこみ、足の爪を切っていた。いつものようにじろりと見てから、にやっと笑った。

「ちょっと待て」と、平塚さんはサットルを立たせたまま、その作業を終えると、くずを受けていた新聞紙を丸めていった。

「さ、あがれ。かみさんはいま坊主と買い物に出ている。それにしても暑いね」

いいながら、立ちあがって籐椅子《とういす》を引き、自分から腰を下ろした。ここは平塚さんのいうほどは暑くない。涼しい風がはいる。サットルは手土産を置き神妙に挨拶した。

「ご無沙汰《ぶさた》いたしました。お元気そうでなによりです」

「おや、先生商売も身についたようだね。サットルらしくない、まともな挨拶だ」

からかうようにいってうなずいた。

「私は元気ですよ。しかし、夏というのはどうも、創作の季節ではありませんね。創作は冬にかぎる。狭いところに閉じこもって、集中できるのがいいですね」

「夏はだめですか」

「そう、夏は昼寝と水泳の季節でしょう」

そういって、ふっふっとおもしろそうに笑った。それからいきなりいった。

「お前さんの、ほら『井戸の谷の話』だったか、あれはよかった」

「井戸のある谷間、です」とサットルはいいながらも耳を疑った。平塚さんが褒《ほ》めてくれているらしい。びっくりして思わず平塚さんを見返すと、続けていわれた。

「あれは人間が書けていましたね」

「はあ」とサットルはいった。ほかになんといっていいかわからなかった。

「あの同人誌はつぶれたようですが、それぞれがなにかをつかんだのではありませんか。源《げん》ちゃんは、私がじっくりしごきましたから、これからは、あの人らしい世界を広げていくでしょう。神戸淳吉《かんべじゅんきち》さんは、すでに一人前の書き手です」

「いぬいさんはどうですか」と、思わず引きこまれてサットルは聞いた。

「あの人はきっと化けますね。どう化けるか楽しみです。ところでサットルはずっと教師を続けるつもりですか」

「いいえ、いつか抜けるつもりです」

するとと平塚さんはうなずいた。

「ではなにかいい話があったら、知らせることにしましょう」

そして思いだしたようにいった。

「創作は続けていますか」

「はあ、心がけてはいるんですが、身辺雑事に追われて、思うようにはいきません。それでも一つ考えたことがあります」

そしてつい最近着想したテーマを話した。つまり、これまで話中話を含んだ中篇作をあれこれ試みてきたが、そういう形式からはそろそろ卒業して、次は現代の人間社会に、実際にフェアリーのような、小さな魔物たちが生きていて、一部の人間たちと関わっていくという、そんな物語を書きたい……。

「それで、その魔物というのは、たとえばどんなものかね」

だまって聞いていた平塚さんが、ごく生真面目《きまじめ》にたずねてくれた。

「その辺が、なかなか難しいところだと考えているんです。まったく創作してしまってもいいんですが、ある程度伝承の裏付けがあったほうが、書きやすいような気もします」

サットルは考え考え話した。

「たとえば、アイヌ神話にでてくるコロポックル、コロポックンクルともいうようですが、あんなのが、日本にもいるといいんですが、どうもいないみたいなんで……」

「お前さんね、アイヌ人の血は日本人の中にも、とうの昔から流れているんですよ。いわば兄弟みたいなもんでしょう。その兄弟の神話なら、遠慮することはない」

「それは、ぼくもそう思うんですが」

サットルは思わず口ごもった。

「で、でも、そのコロポックルについては、宇野浩二《うのこうじ》の『蕗《ふき》の下の神様』っていう、すごい作品がありますよね。だからそのまま持ってくるのは、どうも気がひけます」

「うん、それはわからなくもない」と平塚さんはいった。

「あの作品は、我が師、鈴木三重吉《すずきみえきち》が『赤い鳥』に書かせたものでね、たしかにあの宇野浩二という瘋癲《ふうてん》先生が、いいものを書いたね」

口の悪い平塚さんはそういういい方をしたが、こんなこともいった。

「あの話には、米がでてきますね。昔の北海道では米作はなかった。ところが話が実に巧みだったから、だれもそんなことには気づかない。そのあたりがすごいんですよ。あの話、お前さんはしっかり覚えていますか」

もちろん覚えていた。主人公の名はクシベシという男だ。ストーリーだけでなく、作中でコロポックルの歌う唄も覚えていた。

クシベシはこの小さな神様の隠《かく》れ蓑《みの》を奪い、無理やり一生分の米をねだる。やむなく神様は承知するのだが、やがてクシベシの家に米俵が転がりこんでくる。そのとき聞こえる唄がきびしい。

枡《ます》ではかって目方《めかた》にかけて、
己《おの》が命を俵《たわら》につめる、

エンヤラ一《ひい》、エンヤラ二《ふう》
尺《さし》ではかって鋏《はさみ》で切って、
己《おの》が命を切り刻む、
エンヤラ一《ひい》、エンヤラ二《ふう》

しかし俵は六俵しか運ばれず、クシベシは文句をいいながらも、飯炊《めした》き用の薪《まき》をとりにいく。しかしなぜか薪は見つからなかった。神様のしっぺ返しである。やむなくクシベシは、自分の家をこわしては薪にした。そのため、ちょうど六俵の米を食い尽くした夜、大雪で家がつぶれ、クシベシは下敷きになる。

「うん、よくできた話だね」と、平塚さんもあらためてうなずいたのだった。

二　婚約

そして二年が過ぎた。馨《かおる》の周囲は、一見なにも変わっていないようだったが、内面は大きく変わっていた。

第一に横山愛先生と正式に婚約していた。ただし学校にはなにも報告していない。年を越すまではそのままのつもりだった。申告すれば、すぐにもどちらかが転任することになろう。しかし二人はあいかわらず、さらりとしたつきあいしか見せていないから、だれも気づいていなかった。

その年の若葉のころ、馨は愛先生に横須賀の家まで案内され、婚約の挨拶をした。といってもただの顔合わせだけである。この愛先生の家というのが――本人はたいへん恥ずかしがっていたが――、横須賀にはよくある二軒長屋《にけんながや》の片方だった。旧海軍の下士官たちの住居として、重宝《ちようほう》された作りの家である。

横浜で空襲に遭い、横須賀に鉄工場を持つ叔父の世話で、ここに落ちついたという。首都圏の住居難はいまも解消されていなかったから、べつに恥じることはない。それどころか、馨にとっては実に懐かしい家だった。

馨の育った横須賀の家のすぐ裏に、ほとんど同じ作りの家があり、そこには竹馬《ちくば》の友といっていい同級生がいた。馨はそこに自分の茶碗と箸があったくらいで、食事も友だちといっしょによく食べた。その家と同じ間取りで、なんだか実家に帰ったようだった。

愛先生の父親というのが、もと蒲田《かまた》に大きな鉄工場を持っていた人で、鍛冶職《かじしょく》の名人といわれた親方だったそうだ。その鉄工場も空襲で焼かれ、以後は弟——愛先生には叔父——の工場で、職長のようなことをしているという。

気難しい職人、という触れ込みだったが、馨は懐かしい家を見て、思わずその親父殿に会うという緊張も忘れ、あたりを見まわしながら玄関をはいった。その玄関前の三畳間で、手ぐすねひいて待っていたらしい親父殿が、いきなりいった。

「よう、制多迦童子《せいたかどうじ》、きたな」

そして機嫌よく馨を迎えてくれた。お母さんもいっしょだった。上品な優しい面ざしで、愛先生は父親似だな、と馨は思いながら、そこの三畳間できちんと座り、正式に名乗って礼をした。すると、親父殿はうなずいていった。

「まあ奥でゆっくりしていきなさい。遠慮はいらないよ」

狭い家で、玄関前の三畳間とその奥に八畳間と縁側があるだけだ。それは馨もよく知っている。その八畳間に愛先生の姉妹、弟が、興味津々という様子で集まっていた。馨はすでに愛先生から教えられていたので、一人一人名前をいって挨拶した。姉さん一人、妹さん三人、それと末っ子の長男。

馨は失礼でない程度に切り上げるつもりだったが、姉さんというのが馨と同学年とあって、あれこれと話がはずみ、気がつくとかなり時間が経っていた。あわてて馨は腰をあげたのだった。

似たようなことが馨の家でも起こった。馨が愛先生を案内して、家につれてきたときだ。ここには、いずれ大姑《おおじゅうとめ》になる祖母、姑になる母、小姑になる姉と妹、それに義弟になるすぐ下の弟が、ずらりと並んだ。

さぞ驚いただろうと思ったのだが、愛先生にまったく動じた様子はなかった。たちまちうちとけて、まるで昔からの知り合いのようだった。馨としては、自分の家族が基本的にお人好しで、この愛先生の人柄なら心配ないと思っていた。そのとおりのようだった。

こうして本人たちの顔合わせのあと、馨は母をつれて横須賀の横山家へいき、正式の婚約を交わした。貧乏ながら、母は精一杯のことをしてくれた。そのころから、日本の経済状態も急速に向上し、馨の家もいくらか暮らしやすくなっていたのである。

ついでながらこれについては、少しくわしく触れておいたほうがいいかもしれない。昭和二十五（一九五〇）年に勃発《ぼっぱつ》した朝鮮戦争は、南進してきた北朝鮮軍、それを押し返す米軍主体の国連軍、そこへ突然参戦してきた、中国義勇軍の人海作戦により、朝鮮半島をまるでピストンのように、戦線は激しく南下北上を繰り返し、一向に決着がつかなかった。

しかし、この動乱のために、否応《いやおう》なく前線基地となってしまった日本には、さまざまな影響があり、そのもっとも大きかったのが、世に『特需景気』と呼ばれる、膨大な生産受注による、急激な経済回復だったのである。

さて、その年の夏休み、家にいた馨はめずらしい訪問者に驚かされた。岡中学校の用務員のおじさんだった。なにごとかと出ていった馨に、おじさんがいった。

「いや、今日はまったくのお使いでしてね、学校のほうに、加藤先生宛《あて》に電話があったんですよ。えーと」と、おじさんはシャツのポケットからメモをとりだした。

「平塚さんという方からの伝言です。至急会いたいので家まできてほしい、ということでした。たまたま私は区役所に届け物がありまして、戸塚にくる用があったもんで、電話を受けた日直《にっちょく》の大川先生に頼まれました」

このおじさんは、ほとんどバスは使わない。たいてい自転車だった。自転車は走っていると涼しいのだが、止まると汗が吹きだす。馨の母が冷たい麦茶と、熱いおしぼりを出してくれた。汗を拭くのは熱いほうがいい。

「先生、すぐ出かけられますか」と、おじさんは上《あ》がり框《がまち》に腰を下ろし、汗を拭きながらいった。

「二人乗りがいやでなかったら、自転車で駅まで送りますよ」

「ありがたい。すぐ支度するので、お願いします」といいながら馨は立った。平塚さんがどんな用があるかわからないが、とにかく出かけよう、と思った。

三　再び運命の曲がり角

その『用』というのは、知り合いの出版社で編集者を一人ほしがっているので、サットルを推薦しておいた、というものだった。まさに寝耳に水のような、あるいは晴天《せいてん》の霹靂《へきれき》のような、びっくりさせられる知らせだった。

「とりあえず履歴書を持って、のぞいてきたらどうです。社長は澤田《さわだ》さんといって女性ですが、男勝《おとこまさ》りのおもしろい人ですよ。会えばわかります。しかしことわるならことわって結構です。私のために遠慮することはありません」

平塚さんはそういって馨を安心させた。そしてにっこりしながら続けた。

「この会社の親会社は、地方の大きな印刷屋でしてね、ついこの前まではこの会社も、東京支局なんていっていましたが、最近、松涛書房《しょうとうしょぼう》と替えたようです。渋谷の松涛町にあるのでね。学年別雑誌の『銀の鈴』を出している会社です」

「その雑誌なら知っています」

サットルこと加藤馨は答えた。そしていままた、運命の曲がり角にきているな、と思った。学年別雑誌『銀の鈴』は、いっとき児童雑誌界を席巻《せっけん》した有名な雑誌である。現在は以前ほどではないようだが、余光《よこう》のようなものはまだ消えていないのだろう。

親会社は印刷だけでなく、当時一流の教科書会社だというのも知っていた。おもに小学校の社会科教科書が有名だった。ただし、中学校用の教科書は出版していなかったから、それ以上は分からなかった。

「ありがとうございます。編集という仕事にはたいへん興味があります。さっそく明日いってみますが、あちらの条件もあるでしょうから、話を聞いて、結果を報告にあがります」

その日は紹介状を平塚さんの名刺に書いてもらい、その出版社の所在地を聞いただけで、馨は早々《そうそう》に辞去した。そしてそこから最寄《もよ》りの湘南《しょうなん》電車の駅に出て、横須賀へいった。愛先生と相談にいったのだが、さすがに愛先生も驚いたようだった。道へ出て立ち話で二人は話し合った。

いきなり訪ねてきた馨を、愛先生が外へ連れだしたのだ。散らかっていて、とても中にはいれられない、といった。そんな愛先生は涼しそうなワンピースを着ていたが、馨は出版社に移るかもしれないという、相談事にとらわれていて、そんな少女のような姿は、ほとんど気に留めていなかった。愛先生は馨の話を聞くと、笑っていった。

「加藤先生のいいようにしたら。わたくしとしては、旦那様はただのヒラ先生でもいいし、売れない童話作家でもいいし、もちろん編集者でもかまわない」

「わかった。ありがとう。こんな時間にいきなりきてごめん。皆さんによろしく謝っておいてください」

それだけで別れた。つまり二人のつきあい方は、もともとそんなふうだったから、どうということはなかった。それでも愛先生は、馨を駅まで送ってきてくれた。といっても、横山家から駅までは、四、五分しかかからない。走れば二、三分だろうか。

こうして婚約者の承諾をもらった馨は、夜のうちに履歴書を書き、次の日午前中に渋谷へ出かけた。東京はあまりくわしくなかったが、地図を調べて『松涛書房』の所在地を確かめた。

大向《おおむかい》小学校の横を通って、松涛郵便局の前から右にやや坂を上ると、正面右に高級シティホテルが見える。そのあたりで左に折れるのだが、ここはまったくの屋敷町で邸宅が建ち並び、こんなところに出版社があるのかと、やや疑いながら門の表札を見ていくと、あった。

『澤田』という普通の——しかし高価そうな——表札の下に、ささやかな木製の札が下がっていて、『株式会社　松涛書房』とある。

そこの門をはいると石段があり、上ると豪華な玄関前だが、そのすぐ手前の左側に、上等な鉄製のくぐり戸があって、扉に『松涛書房入口』と、横書きの案内板がつけてあった。

扉は押すと開いた。そっとのぞくともとは広い芝生の庭だったようだが、その奥によせて、瀟洒《しょうしゃ》な作りの洋風平屋が建っていた。ここが出版社の社屋のようだった。

馨がはいってきたのを、中で見ていたのだろう。右の出入口の網戸ドアが開いて、女の人が出てきた。白っぽいサマードレスに藤色の夏物カーディガンを羽織っている。やや年輩で三十か、もう少し上か、馨にはわからない。やせぎすだがすらりと背が高く、なんとなく威《い》があった。馨は会釈をしていった。

「平塚さんの紹介で、こちらにうかがうように、といわれてきたものです。加藤といいます」

「あら、あなたがそうなのね」

なんとなく、変わったイントネーションだな、という気がした。馨のさしだした平塚さんの名刺を受けとって、「こっちへいらっしゃい」と、先に立って屋敷の玄関口にもどった。そこのドアを鍵で開け、ホールの脇の立派な応接間に通された。

「ここのほうがいいでしょう。人に聞かれたくないこともあるから」

そしてまず窓を開け、黒い扇風機をまわしてから席についていった。

「私が社長の澤田です」

そのとき、お手伝いさんなのか事務員なのかわからないが、女の人が冷たいサイダーを持ってきた。いつ社長が命じたのかな、と馨はふと思ったが、多分なにか合図をしたのだろう。

「どうぞ召し上がれ」と社長がすすめてくれた。馨はまずカバンから履歴書をとりだし、封筒ごと渡した。

それを引きだして見ながら、ふいに社長はいった。

「あなたはリライトができますか」

リライトというのが完璧な発音の英語だった。馨は思わず社長の顔を見た。そして聞いてみた。

四　編集者になる

「リライトというと、だれかの文章を書き直すのですか」

「そう、私の」といって、笑いながら説明した。

「私、カナダ生まれのカナダ育ち。二世です。私があちらのものを片端から訳すから、それをあなたがリライトする。できますか」

「できます」と、とっさに馨は答えた。下手な文を直すのは、『横浜体育』以来得意にしている。文章も少しは上達している。

「はい、よろしい。あなたは高学年向きの、『少年少女・銀の鈴』の編集主任になってもらいます。いまは学年別といっても、四年生までで、その上はこの雑誌、略して『銀鈴《ぎんすず》』です。でも心配しなくていいのよ。あなたの下にアルバイトの大学生が二人つきます」

そして、この子たちはもう二年も編集をしているので、たいへん有能です、と受けあった。

「ただ文が硬《かた》いのね。あなたは童話を書くそうだから信用しましょう。もちろんリライトだけでなく、ほかの企画も考えてもらいますよ。学習雑誌の性格もあるのに、理数系が弱いのよね。だからあなたはうってつけ。まあ、当分は編集主任見習《みならい》ってことかな」

そしてこの雑誌は、おもに関西から西にいまも人気が高いのだが、雑誌作りはやはり東京でないと難しい、といった。多分寄稿家《きこうか》の問題だろうと馨は推察した。それであとは、給与や社会保障の話になった。

小さい会社ながら、健康保険も失業保険も、厚生年金も家族手当も、すべてととのっていた。親会社と同じだという。給与も満足のいくものだった。社長のほうでも馨に満足のようで、いきなりいった。

「で、明日からこられるかな」

さすがに馨も首をひねった。夏休み中とはいえ、日直や宿直の当番もある。その交替の手配も必要だろうし、ただ辞表を出せばいいというわけにはいかない。それと平塚さんに報告にいく、という約束もあった。

「三日ください。後始末があれこれありますので」

「いいでしょう。待っていますからね」と、ミス・マーガレット澤田社長は立ちあがった。馨も立った。すると社長は右手をさしだした。握手だった。これは約束の意味もある。日本の『指切りゲンマン』と同じだ。

その足で馨は平塚さんの家にまわった。この日の面接——だったのだろう——の首尾を伝え、転職することに決めたことを報告して、心から礼を述べた。奥さんもいて、たいへん喜んでくれたのだが、その奥さんがいつもの飾らない調子でいった。

「あとはいい人をみつけて、いい家庭を持つことね」

それで馨は思いきっていった。

「実は道々考えてきたのですが、この仕事に慣れたら、結婚しようと考えているんです。先生、そのとき、媒酌人《ばいしゃくにん》になってもらえませんか」

馨は久しぶりで『先生』と呼んだ。自分はもう編集者だ。編集者は作家を先生と呼んでもおかしくないはずだ。平塚先生は笑いもせず、ごく真面目にいった。

「どうやら、意中の人がいるようですね。引き受けますが、その前にお相手を見せに、つれていらっしゃい。サットルにふさわしいかどうか見てあげましょう」

後の言葉はもちろん冗談だ。しかし馨は近く必ず、あの人をつれてこようと思った。会わせて平塚先生をびっくりさせてやろう、なにしろ安井副校長がいったように、『理知的な美人』なんだからな、などと、いささか不遜《ふそん》なことを考えたのだった。

そして、馨は編集者になった。以後のことはできるだけ簡略に述べるが、この仕事についた馨は、まるで水を得た魚だった。とにかくおもしろかった。物語を作るのによく似ていた。なにもないところから徐々《じょじょ》に立ちあげていって、雑誌という形に仕上げる。それを気の合った仲間との、共同作業で行うというのが、意外に新鮮だった。

その仲間には、一、二年向き担当編集主任のKさん、三、四年担当主任のOさん、その下に女性社員が一人ずつ、あとは学生アルバイトが数人いた。全体の編集長は社長の兼任ということだった。わりと広くゆったりした編集室には、ちょっとした応接セットが置かれ、入れ代わり立ち代わり寄稿家があらわれては、無駄話をしていった。

馨はこの仕事に没頭した。画家や漫画家や作家の方々を訪ねるのも楽しみだったし、子供雑誌にはめずらしい、オール・オフセット印刷のための下ごしらえも、実に興味があった。そして、得意のリライトも、次第に早く巧みになっていった。

この元になる原本は、カナダの補助教材や副読本で、ほとんど偉人伝だった。たとえばエジソン、フランクリン、ワシントンなどだが、ペリー提督伝《ていとくでん》などもある。ほかに名作のダイジェストもあった。向こうの教材はよく工夫されていて、たしかにおもしろい。

社長はその教材出版社に、よほど強いコネがあるらしく、ただ同然で翻訳権を取得していた。文だけでなく、挿絵をそのままいただくこともあった。これらはかなり製造原価を節約したと思う。タネ本はまだまだあるので、当分は困らないということだった。

その年の暮れ、愛先生の冬休みを待ち、馨は平塚さんの媒酌により、家で結婚式を挙げた。両家の親族だけのまことに質素な式だった。

五　第二次『豆の木』

長崎源《ながさきげん》ちゃんから年賀状がきた。しばらく会っていないが、たまには遊びにこないか、とつけ加えてあった。どうやら平塚さんを通して馨の、いやサットルの消息を知ったらしい。サットルも源ちゃんと仲たがいをしたつもりはなかったし、源ちゃんも同じだったのだろう。たまたまそのときサットルは、短篇をひとつ抱えていた。

サットルにとって短篇は書くのではなく、生まれてくるもので、この作品も生まれてきたものだった。仕事が忙しくなると、例によって心のボイラーの圧力も上がって、毎日残業までしているというのに、短篇がひとつ生まれてきたのだった。

前年はなにもかもいっぺんに起こって、まったく気ぜわしかったのだが、ようやく生活も落ちついてきたころ、通勤の電車の中で想を得た作品だった。その作品――『名なしの童子』という奇妙な話――を持って、馨は源ちゃんを訪ねた。学校とちがって、出版社の正月休みは三日までしかない。それで一月末の日曜日になった。

馨が出版社にはいったことについて、いろいろと聞かれた。源ちゃんはあいかわらず文房具屋を開いていた。しかし、文房具だけではダメで、このごろは日用雑貨などもあつかっているといった。馨は持っていった短篇を読んでもらった。

「なんだい、燕雀《えんじゃく》のような短篇は書かないって、前にいってなかったかい」

源ちゃんはサットルをからかいながらも、熱心に読んでくれた。そして感想をいった。

「たいへんおもしろいと思うけンど、どこにも発表する場がないよな」

「そうだな。同人誌しかないだろうな」とサットルは答えた。するとそんなサットルの気持ちを察したのか、源ちゃんがぽつりといった。

「また『豆の木』をやるかい」

「えっ」とサットルはびっくりした。本気かどうか源ちゃんの顔を見たが、どうやら本気らしかった。後に源ちゃんは、第二次『豆の木』について、サットルが出そうといってきたと、エッセイなどに書いている。しかしきっかけは、実のところ源ちゃんだった。それでサットルはいった。

「一年に一回か二回、作品ができたときだけ出せばいい。出なくたっていいんだ。同人誌とか同人っていうのは、そんなものじゃないかな」

「そうだな」と、そのときは源ちゃんも同意した。そして思いがけなく、第二次『豆の木』がでることになった。

以前の中心メンバーと同じ、神戸《かんべ》さん、いぬいさん、源ちゃんと、四人だけだった。馨の先輩、池田さんも協力してくれるといった。源ちゃんによれば、いぬいさんはカンカンに怒っていたはずだったが、まったく以前と変わらなかった。

それでサットルの『名なしの童子』は第二次『豆の木』の一号に載った。そして二号が出た後、しばらく途絶《とだ》え、いつか消えていった。

同人誌『豆の木』と、佐藤暁《さとる》こと加藤馨との、懐かしくも波瀾《はらん》に満ちた数年はここで終わる。しかしこの『豆の木』という同人誌のおかげで、サットルは思いがけない転機を迎えた。

前に少し触れておいたが、やや気取ったいい方をすれば、現代に生きる小さな魔物たちとの出会いである。サットルは少彦名命《すくなひこなのみこと》を祖とする、一寸ほどの小人族を見つけ、憚《はばか》ることなく『コロボックル』と名付けた。

正式には、『コロポックル(koro-pok-kur)』というようだが、サットルは自分の小さな人たちを、『ポ』でなく『ボ』に読む呼称を採用した。これはささやかながら自己主張でもある。以後、この愛すべき魔性のものたちと、日も夜もなく付き合うことになったのだが、作品としてまとまるまで、ほとんど十年かかった。

例の旧稿、『てのひら島はどこにある』の清書は、そのあとになってしまった。この作品はコロボックル物語の第一巻『だれも知らない小さな国』の姉妹篇といってよく、もちろんこちらが先行作なので『姉』になるのだが、本になって世に出るのは後になった。まあ、双子のようなものかと、サットルは考えている。

そのサットルは『てのひら島』の本を、日ごろから自分の愛読書といっている。自作をそう呼ぶのはおかしいと、もちろん承知の上だ。それだけ手こずった作で思い入れも強い。特に『井戸のある谷間』がどのように変貌《へんぼう》して再会場面になったか、巻末に添えた転載作をぜひ玩味《がんみ》してみてほしい。実のところその苦心惨憺《くしんさんたん》の一部始終が、この小説の骨子《こつし》でもある。同時にサットル青年の『青春右往左往記《うおうさおうき》』になったようでもある。

この小説の時代背景は、大部分が『オキュパイド・ジャパン』と呼ばれていた、占領下の困窮期《こんきゆうき》である。そんな過酷な時の流れの中で、友を得て童話を書き続け、厳しくも気まぐれな師《し》に導かれて、何回もいうようだが、ついに現代に生きる魔性の子、コロボックルを見つけたのだった。

横山愛先生は、新年から突然加藤愛先生となって、職員および生徒を大いに驚かせた。しかし本人は平然と、そして愛想よく対応したから、みなすぐに慣れてしまった。ただし、校長と副校長には、事前に申告してあった。

普通なら、校長だけでも式に招待するところだろうが、ごくごく内輪《うちわ》の式なので、お客さんはどなたもお呼びしないのです、とことわりをいれてあった。加藤愛先生は馨の家から通うことになって、ぐっと近くなり、お姑《しゅうとめ》さんの作ってくれる弁当を、嬉しそうに抱えて岡中学校へ通った。

付録　『てのひら島はどこにある』より（一部補筆）

一　『てのひら島はどこにある』目次と登場人物

前述のごとく『てのひら島はどこにある』と題した草稿《そうこう》の清書は、かなり後になった。忘れたわけではないが、新しい作品世界にのめりこんでいて、旧作に手を出す余裕がなかった。しかしやがて機運が熟したのだろう、あるとき引っぱりだして清書した。

このとき、冒頭に前書き代わりの『始まりの話』、途中つなぎの話をちらとはさみ、末尾にその締めくくりとして『おしまいの話』を置いた。このごく短い前後の話によって、物語全体の語り手が、『どこかのおばあちゃん』であり、聞き手は読者の代表のような、その『孫娘』であるとわかる。

おかげでこの物語全体は、

①前後に置いた短い話

②作中人物たちの織りなす本篇

③その中で語られる話中話

ようだ。

という、三重構造になった。物語の筋を通すために試みたものだが、案外の効果があった

しかし、本書のあちこちで触れてきた、あのぎごちない習作『てのひら島の物語』が、『井戸のある谷間』という短篇とどう結びついたか、また妖精代わりの『虫たち』は、どのように描かれたのか、『豆の木』からの流れをまとめる意味でも、ここに載せたいところではある。

とはいえ全編はとても無理なので、やむを得ず一部の転載に止《とど》めた。まずは目次と登場人物一覧から。

――目次――

○てのひら島の冒険
○小さな谷間（転載）
おしまいの話（転載）

＊

――登場人物（その一）――

どこかのおばあちゃん……この物語の語り手
その幼い孫娘……この物語の聞き手

＊

――登場人物（その二）――

太郎……通称タロベエ、たいへんないたずら坊主
フミとクミ……太郎の姉さん（双子）
お父さん　お母さん……太郎たちの両親
ヨシボウ……たいへんなおこりんぼ、本名ヨシコ
おじいさん……ヨシボウのおじいさん

＊

――登場人物（その三）――

虫の神さまたち

いたずら虫のクルクル（じばち）男の子の虫
おこり虫のプン（はなあぶ）女の子の虫
泣き虫のアンアン（こおろぎ）女の子の虫
泣き虫のシクシク（こおろぎ）女の子の虫
すね虫のイヤイヤ（てんとうむし）赤んぼの虫
ひねくれ虫のエヘラ（えんまむし）男の虫
よくばり虫のモット（かみきりむし）男の虫
いばり虫のオホン（こがねむし）男の虫
やきもち虫のイイナ（が）女の虫
点とり虫のガリ（かげろう）男の子の虫
ぼんやり虫のポヤン（かまきり）男の虫
気どり虫のツンツン（たまむし）女の虫
仕事の虫のコツコツ（かぶとむし）爺さん虫

のんき虫のモタ（ばった）男の虫
弱虫のビクビク（ちょうちょう）男の虫
弱虫のドキドキ（ちょうちょう）女の虫

二　転載その一

小さな谷間

つめたい水

それから、きっかり十五年たちました。
その間には、とても数えきれないほどの出来事がありました。うれしいことも、ほんの少しありました。苦しいことや悲しいことは、もっともっとたくさんありました。

太郎の周りにも、体の弱かったクミ姉さんが亡くなったこと、そのあと、戦争に出ていったお父さんが、とうとう帰ってこなかったこと、などがありました。

そして、その年も、また暑い夏がめぐってきたのです。

まだ日盛《ひざか》りのことです。

一人の若者が、山の細道からひょっこり村へ出てきました。村というより、町はずれといったほうがいいかもしれません。このごろ町がどんどん大きくなって、村のほうまで手がとどいてしまったからです。

若者は、背が高く、日に焼けた顔をしていました。よごれたチロル帽をかぶりなおして、右の肩にひっかけたズックのかばんをゆすりあげました。足には丈夫そうな皮の半長靴をはいています。

もうずいぶん歩いてきたらしく、その靴はほこりまみれです。そでをまくりあげたシャツの背中は、汗がしみとおっていました。

山の細道から、まるで吐きだされたように、ぽいっと飛びだしてきて、びっくりしたように目を細めました。目の下に、小さな谷間が開けて、急に見晴らしがよくなったためでしょう。遠くに青い海が見えています。

南に向いた谷間には、まだまぶしく日が当たっていました。あたりはせみの声がうるさいほどです。その谷に、小さな家が一けんだけ、ぽつんとあります。家の周りに、ひまわりがたくさん咲いています。

谷の向こうには、もう町の屋根が並んでいました。この谷間は、町からのびた長いしっぽのようです。そのしっぽの先っぽの、そのまたいちばん先っぽに、若者は出てきたのでした。

一息いれると、谷間へおりる道をさがしましたが、道らしい道はありません。でも、ここから町へ抜けられることは、まちがいありません。思いきったように、若者は草につかまってがけをおり始めました。始めのうちは静かにおりました。それからあとは一気にかけおりました。

若者は、谷間についている細道に立って、いまおりてきたやぶのがけを見あげました。

それから、ゆっくり歩きだしました。

谷間の道は、左がわの山すそをまわっています。道と山との間には、深いみぞのような小川があります。その小川に、やっと人が一人通れるような橋がかかっていました。

橋の向こうがわには、こんもりとした暗い木かげがありました。明るい日ざしの中からその木かげの方を見ると、まるで山をぽっかりくり抜いた、ほらあなのように見えます。

そこに、ちらりと人の影が動いたようでした。若者はふと立ち止まりました。おかしなところからやってきたので、だれかがいるなら、一言ことわったほうがいい、と思ったのでした。

「こんにちはあ」

暗い木かげの中からは、なんの返事もありません。そのかわりに、ガッチャン、ガッチャンという、手押しポンプの音がしました。ザーッと水の音もします。

「井戸があるんだな」

若者はつぶやきました。井戸があるなら、冷たい水を一ぱい、ごちそうになりたいと思ったのです。そこで橋を渡りました。

「こんにちはあ」

「はいっ」

おどろいたような返事がありました。若い娘さんが、古い井戸の前でふり返りました。

「やあ」

若者は、帽子をとってにっこりしました。真っ白な歯が見えました。

「おどろかしてごめんなさい。ぼ、ぼくは別にあやしいものじゃありません」

ちょっと口ごもりながらそういって、山の方を指さしました。

「あのがけを、いま無理やりおりてきたんです。町へ出ようと思って近道したんですが、途中で道がわからなくなったもんですから」

娘さんの方は、大きな目を開けて、若者をじっと見つめました。にこりともしませんでした。

「それで、なにか、御用でしょうか」

「いや、その、水の音がしたんで、つまり、一ぱい飲ませてもらいたいと思って……」

若者は、あわてたようにいいました。

「どうぞ」

娘さんは、あいかわらず、じっと若者の顔を見つめたままいいました。そして、井戸のふたに乗せてあったコップをとって、若者にさしだしました。

「ありがとう」

若者は、肩からズックのかばんをはずして地面に置きました。それから、古いポンプを押しました。

「や、ずいぶん重いポンプだね」

そういって、今度は力をこめました。

ザーッと、冷たい水があふれました。若者は、たてつづけにコップで三ばい水を飲んで、うれしそうな声をあげました。

「ああ、うまい水だなあ」

「ふふ」

娘さんは、そのとき初めてにっこりしました。

「この井戸の水は、特別おいしいんですよ」

「どうも、そうらしいな」

若者はそういって、今度は手拭《てぬぐ》いを水にぬらしました。それで、顔や首筋や腕を、きゅっきゅっと拭きました。

「ずいぶん古い井戸みたいだね」

「そう」

うなずいた娘さんは、若者に代わってポンプの下に、からのバケツを置きました。もう一つのバケツには、水がいっぱいはいっています。ここまで水汲みにきていたのでしょう。

「さあ、お礼に、ポンプを押してあげよう」

若者がいいました。娘さんも素直にうなずきました。

「この井戸、百年も前からあるんですって」

ポンプを押している若者の後ろから、ぽつんとそんなことをいいました。

「へえー」

若者の方は、すっかり感心したように、手を動かしながら、あたりを眺めまわしました。バケツはたちまち水でいっぱいです。

暗い木立《こだち》の中から外の方を見ると、緑の山がまぶしく光っています。ここがもう町のすぐ近くだとは、とても思えません。

井戸の水は屋根の高さ

「君、あのうちの人かい」

若者は、屋根だけ見えている、谷間の小さな家を指さしました。

「そうよ」

「ふうん、たいへんだねえ」

「たいへんって?」

「だって、毎日ここまで、水汲みにくるんじゃとてもたいへんだろう」

「そうね」

そう答えて、娘さんはちょっと肩をすくめました。

「でも、あっちにだって井戸はあるのよ。ただ水の出が少ないの。とくに夏はすぐかれるし、こっちの方がおいしい水だから、ここまでくるんだけど」

「そうすると、この井戸は、かれたことがないのかい」

「ないわ。どんなに使っても、どんなに日照りが続いても、昔からかれたこと、ないんですって」

「ふうん」

いきなり若者は、なにか思いついたようにいいました。

「ちょっと井戸の中をのぞいてもいいかい」

「なぜ?」

「なぜでもさ」

ほとんどまばたきをしていない大きな目が、不思議そうに、若者の顔を見あげました。娘さんの背丈は、若者の肩までしかありません。

(きれいな目をしている)

若者は、ふとそう思いました。それから、井戸のふたを——ふただけは真新しいものでした——ちょっとずらせて、暗い井戸の中をのぞきこみました。そして、ズックのかばんからなにかとりだしました。

巻尺《まきじやく》でした。巻尺というのは布切れのテープに目盛りをつけた、長い長い物《もの》差《さし》のことです。そのテープの物差は、皮のケースの中に、ぐるぐる巻きになってはいっています。

若者は、巻尺をしゅっと引っぱりだすと、そっと井戸の中に垂らし始めました。娘さんはびっくりしたようにいいました。

「井戸の深さを測るつもり？」

「いや水のあるところまで、どのくらいあるかを測るんだ」

そういって、いたずらっ子のような目つきで、くるくると巻尺をもとの皮のケースに巻きもどしました。その次に、とても変わったことをしました。いきなり、両方のひざをついて、頭を地面につけたのです。まるで地面の中の音を聞いているような格好でしたが、どうやらそんな姿勢で、どこか遠くを見ているようです。

やがて若者は立ちあがると、にこにこしながら娘さんに話しかけました。

「うまくいきそうだよ。この井戸の水は、多分君の家の屋根ぐらいの高さのところにある。だから、ここから家までパイプをひくだけで、ひとりでに水は井戸から吸いあげられて、君のうちまで流れていく。ポンプもなんにもいらないんだ。

水をひくパイプだけあればいい。それで自家用の水道ができるよ」

娘さんは、しゃべっている若者の顔を、まじまじと見ていました。あいかわらず、またたきをしない目でした。

「いいかい、これは、噴水があがる理屈と同じなんだよ。高いところにある水は……」

「そんなこと、知ってるわ!」

おこったようにいわれて、若者は、おやっというような顔をしました。すると、娘さんは、うふっと笑いました。

「でも、水道を作るなんて、考えたこともなかったわ。あなたって頭がいいのね」

「頭がいい、というわけじゃない」

若者は、ぬれ手拭いで手を拭き、もういちどポンプを押して、その手拭いを洗いながらいいました。

「ぼくの仕事は測量だからね。そんなことをすぐ考えつくんだ」

測量というのは、地面の広さや山の高さを測って、図面を作る仕事です。地図も作ります。

「そうなの」

娘さんはうなずきました。

「道理で巻尺なんか持っていたのね」

「そう。実は、この山の向こうがわの村で、新しく学校を建てるんでね。山をくずして、広い場所を作るんだそうだ。ぼくはそこを見てきた帰りだよ」

「一人で？」

「ああ、今日は下調べだからね」

「でも、なんだって、こんなところへおりてきたの？」

「その村は、バスが一日に三回くらいしかこないところでね。歩いたほうが早いっていうんだ。それで、山を突っきって近道をしてきたんだけど、どうも、どこかでまちがえたらしい」

「のん気ねえ」

娘さんは、うれしそうに笑いました。

「でも、おかげでいいこと教わったわ。あなたがいったように、自家用の水道を作りたいわね」

「そうしたほうがいいよ。ポンプもいらなきゃ、電気もいらないんだから」

若者も笑いました。

「さあ、バケツを持ってあげよう」

そういって、水がいっぱいはいったバケツを、二つとも軽々と持ちました。娘さんの方は、若者のかばんを持つと、とんとんと先に立って橋を渡りました。家の横まできたとき、娘さんは、ふと気がついたようにふり向きました。

「ここから先の道、知っているの？」

「いや、知らない。だけど、わかるだろう」

バケツを庭に運びこんで、若者はそう答えました。

「それじゃ、ちょっとそこまで、ついていっていってあげるわ。水はそこに置いといてね。あとであたしが運ぶから」

「そうかい。忙しいみたいなのに、悪いな」

若者も、うれしそうにいいました。

とうとう見つけた！

二人は、並んで谷間の道を歩きました。家の前は、ひまわりを植えた畑があって、その畑の周りを、小川がぐるっとまわっています。

そこでまた、小川にかかっている石の橋を渡ると、道は左にまわっていきます。大きな木が一本だけ立っていました。

娘さんは、その木の下を通って近道をしました。若者も、続いてその木の下をくぐりました。そして、ぎくりとしたように立ち止まりました。ねむの木だったからです。

それから、ゆっくり、まるでこわいものでも見るように、首だけまわして、谷間の家を見あげました。左肩から、かばんがずり落ちましたが、まるで気がつかないようでした。

前を歩いていた娘さんが、不思議そうな目つきでふり返りました。そのとき、若者はいきなり帽子をつかみとって、力いっぱい空へ投げたのです。そして、こんなことを、低い声でいったのです。

「さあ、見つけたぞ！」

娘さんは、立ちすくみました。

（この人、どうかしているんじゃないかしら）

そう思ったのでしょう。でも、その次には、もっともっとおどろかされました。

若者は、くるんと娘さんのほうに向きなおって、こういったからです。

「そうすると、もしかしたら、君はヨシボウじゃないのか？」

しばらくあたりは、せみの声だけになりました。

（あんたは、だれ？）

娘さん――可愛い娘になってしまったヨシボウの、大きな目が、そういっています。

「君が忘れちまったのは、無理もない」

若者――たのもしい若者になった太郎は、早口でいいかけました。

そのとき、ヨシボウの顔が、ぱっと輝いたのです。そして、太郎のおしゃべりを、手をあげて止めました。

「知ってる！」

ヨシボウは、大きな目をいっそう大きくしました。

「あたしも覚えている！　あたしに、おこり虫のプンをくれた人でしょ？」

それから、ゆっくり息をして、いったのです。

「太郎さんでしょ。タロベエでしょ！」

「ああ」

若者は――タロベエの太郎はうなずいて、目を細めました。

「こいつは、あきれた話だな」

太郎は、うなるような声を出しました。

「君とまたここで会うなんてさ。おまけに君が、ぼくのことを覚えていたなんて！」

ヨシボウのほほが、きれいな赤に染まりました。

「太郎さんは、虫の神さまの話を覚えている？」

「忘れるもんか。あれはもともと、ぼくの話だ」

「そう、そうだったわ」

ヨシボウはうなずいて、まじめにたずねました。

「いたずら虫のクルクルは、いまでも元気ですか」

「元気だ。プンはどうだい」

「あいかわらずよ」

そんなことをいいあってから、ふっと二人は、だまりこくってしまいました。両方とも、もう顔なんて覚えていませんでした。当たり前です。こんなにすっかり、大人になってしまったのですから、道で会ったって分かるわけないのです。

急にひぐらしの鳴き声が、涌《わ》きあがってきました。もうすぐ夕暮れになります。

しばらくの間、二人は、お互いの姿をじろじろと眺めていましたが、やがて、どちらからともなく、つぶやきました。

「ずいぶん大きくなったもんだなあ」

「ずいぶん大きくなっちゃったのねえ」

そしてしっかり握手をしたのです。


そのとき太郎は思いました。

（てのひら島は、もともとぼくの手のことだったんだ。とすると、どこにあるのか、やっと分かったような気がするぞ。ほら見ろ。こいつはいま、ヨシボウの手の中にあるじゃないか！）

（この章　了）

『てのひら島はどこにある』の本篇はここで終わるが、すぐ後に次節の『おしまいの話』がある。

三　転載その二

おしまいの話

これで、てのひら島の話はほんとにおしまいです。

どこかのおばあちゃんが、女の子に話してやったときも、そこでほんとに終わりました。女の子も、安心したようにため息をつきました。

それでも、まだよく分からないところがあったとみえて、こんなことを聞きました。

「てのひら島って、太郎の手のことだったの?」

「そうよ」

どこかのおばあちゃんは、ちょっと笑いました。

「あんたには、まだよく分からないでしょうね。でもきっと、いまに分かるようになりますよ」

「そうかなあ」

女の子は不思議そうでした。それから、また大急ぎでこんなことも聞きました。

「あのねえ、おばあちゃん、いまの話、あたしのうちのことに、よく似ていると思わない?」

「おや、どうしてかい」

「だって、なんだか、その太郎っていう人、あたしのパパみたいよ。パパも測量技師だもん。それに、ヨシボウっていうのは、ママみたい。ママのもとの家には、水道があるけど、あれは、もしかすると、ママのうちだけの水道かもしれない」

どこかのおばあちゃんは、笑って答えませんでした。

（『てのひら島はどこにある』は理論社から刊行されている）

コロボックルに出会うまで——自伝小説　サットルと『豆の木』——**（完）**

作者あとがき
目眩《めくら》ましの記

主人公の加藤馨《かとうかおる》というのは、かつて長篇児童文学『わんぱく天国』（ゴブリン書房／講談社文庫）に、小学校三年生の少年として登場しています。その子が成人して、本作の主人公をつとめている、と考えてもらうのがいいかもしれません。もちろん作者の分身です。

加藤馨という名は、その響きが佐藤暁《さとうさとる》という本名に似ている、というのでつけた、作者愛用の古い筆名です。ところが本作中で主人公の加藤馨は、『本名と響きの似ているのが気に入って』、筆名を佐藤暁とつけます。事実とはまったくの裏返しになっています。

これは、いわば紙上の魔術師、佐藤さとるの編みだした、目眩ましの秘法です。おかげで後述のように、虚実の段差がほとんど消えて、この作がたしかに自伝的ではあるものの、そのことには縛られず、小説としての自由な創作ができました。

それまでは、どうも一人称では書きにくく、といって主人公に本名をつけるのでは、なお書きにくいと考えていました。というのは、この時代の作者の記憶は、飛び石のように飛び飛びではありますが、主要な節目それぞれは鮮明に残っています。ところがその飛び石の間の記憶は、なぜかほとんど朧《おぼろ》になっていました。

やむなく時代に合わせ、矛盾のないよう工夫を凝らして創作し、繋《つな》いでいかなくてはなりません。ここは作品に都合よく拵《こしら》えた、創作部分ですから、本名を使うのは、いささかためらいがあったのです。

ところがこの作の性格からいって、作中にはどうしても実在の方々が、そのままの名で登場します。作者だけ別名、というわけにはいきません。そこで主人公の名前については、とっておきの目眩ましの秘法を採用したのでした。

不思議なことに、そうして再建されていく過去は、意外に現実味を持ちはじめ、朧な作者の記憶を、揺り起こしてくれるようでした。もちろんこれは創られた記憶ですが、それほど異質でもありません。むしろたいへんよく似かよっているといえます。そして、少なくともここにふくまれている、節目節目の作者の記憶は事実そのものです。

作中のどこがその節目なのか、というのは、全体が渾然《こんぜん》としていて、作者もおいそれとは教示できません。まあこういう、自伝的目眩まし小説が、世の片隅に一冊くらいはあってもいいかな、と思っています。

二〇一五年十二月　　佐藤さとる

本作品は「鬼ヶ島通信」(50＋15号〜50＋16号)に第四章まで連載したものに、第五章以降を書き下ろし、まとめたものです。

佐藤さとる

1928年、神奈川県に生まれる。学生のころから童話を書きはじめ、のちに平塚武二に師事する。1950年に、長崎源之助、いぬいとみこ、神戸淳吉らと同人誌『豆の木』の創刊にかかわる。教員、編集者などを経て1959年に『だれも知らない小さな国』を出版する。以降、現代ファンタジー文学の第一人者として活躍し、毎日出版文化賞、厚生省児童福祉文化賞、野間児童文芸賞、巌谷小波文芸賞、エクソンモービル児童文化賞、赤い鳥文学賞など数々の賞を受賞している。

著書に「コロボックル物語」シリーズ、『てのひら島はどこにある』、『海の志願兵』、『オウリィと呼ばれたころ』、『おおきなきがほしい』、『おばあさんの飛行機』、『本朝奇談 天狗童子』ほか多数。

コロボックルに出会うまで
自伝小説 サットルと『豆の木』

2016年3月 1刷
2016年5月 2刷

佐藤さとる
装画＝村上勉

発行者＝今村正樹
発行所＝株式会社 偕成社
http://www.kaiseisha.co.jp/
〒162-8450 東京都新宿区市谷砂土原町3-5
TEL 03(3260)3221（販売） 03(3260)3229（編集）
印刷所＝中央精版印刷株式会社
　　　　小宮山印刷株式会社
製本所＝株式会社常川製本
NDC913 偕成社 262P. 20cm ISBN978-4-03-016720-9

海の志願兵　佐藤完一の伝記

佐藤さとる

第一次世界大戦、シベリア出兵、関東大震災、そして……。北海道の屯田兵村に育った青年は、十七歳で海軍機関兵に志願し、明治末から昭和のはじめまで、激動の時代を駆け抜けた。

父が生きた平凡でかけがえのない日々とその時代を、希代の児童文学作家がいきいきとえがく評伝小説。